Norse Mythology

北欧神话

李扬 / 编著

子不语 / 绘

民主与建设出版社
·北京·

© 民主与建设出版社，2022

图书在版编目（CIP）数据

北欧神话 / 李扬编著；子不语绘. -- 北京：民主与建设出版社，2022.10
ISBN 978-7-5139-3957-7

Ⅰ.①北… Ⅱ.①李… ②子… Ⅲ.①神话－作品集－北欧 Ⅳ.①I530.73

中国版本图书馆CIP数据核字（2022）第167300号

北欧神话
BEI'OU SHENHUA

编　　著	李　扬
绘　　者	子不语
责任编辑	胡　萍　宁莲佳
封面设计	海　凝
出版发行	民主与建设出版社有限责任公司
电　　话	（010）59417747　59419778
社　　址	北京市海淀区西三环中路10号望海楼E座7层
邮　　编	100142
印　　刷	三河市同力彩印有限公司
版　　次	2022年10月第1版
印　　次	2022年11月第1次印刷
开　　本	710毫米×1000毫米　1/16
印　　张	10
字　　数	148千字
书　　号	ISBN 978-7-5139-3957-7
定　　价	49.80元

注：如有印、装质量问题，请与出版社联系。

前言

神话是早期人类在睁开灵性之眼时，对大自然最原始的认知，这些认知逐渐形成体系，被口耳相传，再经由文字记载，成为人类共有的文化宝藏。世界几大神话体系，共同反映了人类祖先对于世界的好奇和探索，同时也孕育出各具特色的民族文化和文学。

北欧神话的发源地和流传地，主要在挪威、丹麦、瑞典、芬兰、冰岛等地区。这些地区纬度高，大部分地方终年气温较低，冬季寒冷且漫长，造就了北欧人崇尚力量、勇气和冒险的性格特征。北欧神话正是在这样的环境中孕育而来的。

北欧神话兴起于1～2世纪的挪威、丹麦和瑞典。早期的北欧神话，是以诗歌的方式口耳相传，没有文字记载，所以一个故事经常会发展成很多不同的版本，甚至前后矛盾，这也是北欧神话独有的特色。到了中世纪以后，冰岛人用文字将流传的故事记录下来，北欧神话故事就此形成了比较稳定的体系。

北欧神话是北欧人的原始信仰和自然观察，以及英雄传说，体系相当复杂。本书以《埃达》《散文埃达》《尼伯龙根之歌》等作品为主要参考，将庞大复杂的神话体系，整理出一条清晰脉络，全面呈现了北欧神话独特的世界观，以及精彩的神话故事。

北欧神话中分为六大种族和九大世界。六大种族：阿萨神族、华纳神族、精灵、人类、巨人、矮人。九大世界：阿萨神域——阿斯加德，阿萨神族的居所；华纳海姆，华纳神族的居所；精灵国——亚尔夫海姆，精灵的居所；中庭——米德加德，人类的居所；巨人国——约顿海姆，巨人的居所；矮人国——斯瓦塔尔福海姆，矮人的居所；冥界——赫尔海姆；雾之国——尼福尔海姆；火之国——穆斯贝尔海姆。

在北欧神话中，神永远在和恶神及恶巨人族相斗争，但他们也是不完美、不全能的，像凡人一样有弱点，也会死亡。他们是一种自然力量的人格化身，比其他神话中的神更加具有"人性"，这种"人性"是导致灭亡的祸根。因此，北欧神话是悲剧式的："诸神的黄昏"的到来，神与恶神、巨人的一场大战以后，诸神都死了，恶神与恶巨人们也灭亡了……

因此，在世界诸多神话中，北欧神话是与众不同的，是一朵绽放别样光芒的文化瑰宝。阅读北欧神话，犹如一场翻越斯堪的维纳亚群山的奇妙冒险，令人收获良多。

目录

第一章 创世 / 001

　　第一节　冰霜巨人之祖——尤弥尔诞生 / 002

　　第二节　初始之战 / 005

　　第三节　创世 / 007

　　第四节　世界之树 / 009

　　第五节　黄金时代 / 013

第二章 阿萨神域——阿斯加德 / 015

　　第一节　众神之主——奥丁 / 016

　　第二节　火与恶之神——洛基 / 020

　　第三节　雷电与力量之神——索尔 / 026

　　第四节　战争与正义之神——提尔 / 033

　　第五节　光明之神——巴德尔和黑暗之神——霍德尔 / 036

　　第六节　诸神使者——赫尔莫德 / 041

　　第七节　自然之神——瓦利 / 044

　　第八节　诗歌与音乐之神——布拉吉 / 048

　　第九节　青春之神——伊登 / 051

　　第十节　守护与破晓之神——海姆达尔 / 054

　　第十一节　阿萨神族女神 / 058

第三章 巨人国——约顿海姆 / 063

　　第一节　巨人苏东和诗仙麦酒 / 064

第二节　巨人赫朗格尼尔 / 068

　　第三节　巨人盖尔罗德 / 072

　　第四节　乌特加德堡 / 075

第四章　华纳海姆 / 081

　　第一节　诸神之战 / 082

　　第二节　夏与海之神——尼奥尔德 / 085

　　第三节　丰饶之神——弗雷 / 088

　　第四节　美与爱之神——弗蕾亚 / 092

第五章　精灵国——亚尔夫海姆 / 097

第六章　矮人国——斯瓦塔尔福海姆 / 103

　　第一节　矮人阿尔维斯 / 104

　　第二节　矮人雷金的故事 / 107

第七章　中庭——米德加德 / 113

　　第一节　国王阿格纳 / 114

　　第二节　伏尔松家族传 / 118

第八章　冥界——赫尔海姆 / 141

第九章　诸神的黄昏 / 145

　　第一节　芬布尔之冬 / 146

　　第二节　诸神的黄昏 / 147

第十章　新世界 / 153

第一章 创世

第一节　冰霜巨人之祖——尤弥尔诞生

北欧神话是从无尽的虚空里面生长而来的。

在世界之初，没有天，没有地，也没有生命，就像一个漆黑的无底深渊，所以也被称为"金伦加鸿沟"，只有静谧在这里缓缓流动。

在金伦加鸿沟的南北，各有两片广阔的区域。

北方的区域被称为"尼福尔海姆"——雾之国。在这里，弥漫的雾气和飘落的雪花形成灰色的穹庐，把尼福尔海姆笼罩在刺骨的寒冷和无边的黑暗之中。然而在这个极寒之地的深处，竟然藏匿着一眼永不枯竭的泉——赫瓦格密尔泉。沸腾的泉水从泉眼奔涌而出，四散流去，在地面上形成了十二条河流——斯沃、甘丝尔、福姆、芬布尔、苏勒、斯莉德、赫瑞德、希尔格、伊尔格、维德、莱普特和雅尔克，它们统称为"埃利伐加尔"。其中有一条河中含有"Eitr"——一种看似纯净清澈，实有剧毒的液体。

这些河流就像一条条银色的长蛇盘踞在尼福尔海姆，蜿蜒着向四处扭动而去，在慢慢地失去热量后凝结成巨大的冰川，而"Eitr"的毒沫就像熄灭的煤渣，凝结在冰层的表面。冷冻的河流和落下的雪花堆积在一起，积年累月，它们把尼福尔海姆变成了广袤的冰原。

在金伦加鸿沟的南面，和尼福尔海姆相对，是一个极热之地，被称为"穆斯贝尔海姆"——火之国。这里触目所及都是熊熊燃烧的烈焰和刺眼的光芒，火焰巨人苏尔特尔诞生在这片燃烧的荒芜之地，他手持光芒之剑，镇守在穆斯贝尔海姆的边界。

雾之国飘落的雪花和赫瓦格密尔涌出的泉水不断扩大着冰原的面积，铸成新的冰川。终于有一天，冰面超出了尼福尔海姆的边界，有的断裂后滚落到金伦加鸿沟底部，有的高高悬在金伦加鸿沟的上空，冰面上还点缀着"Eitr"的毒沫形成的斑驳花纹。

南方穆斯贝尔海姆的火焰也不甘示弱，火舌愈燃愈烈，每一次燃烧和喷

发都更加有力，无数的火星飞溅出来，裹挟着炽热的能量四散而去，形成持久的热浪，这些热浪一点一点地冲击着鸿沟北面的冰霜。雾之国的冰霜吞噬着火之国的热量，瞬间化成无数白茫茫的雾气。就这样，在冰与火两股力量的交织下，一个比世界还要庞大的巨人诞生了，这就是冰霜巨人之祖——尤弥尔。与尤弥尔一同诞生的，还有一头巨大的母牛——欧德姆布拉。

尤弥尔有着巨大的身躯和永远不能填满的胃，他从诞生之初就一直在金伦加鸿沟的黑暗中徘徊，寻找可以填饱肚子的东西。欧德姆布拉身下流出四股如白色河流的乳汁，尤弥尔靠着啜饮母牛的乳汁存活下来。而欧德姆布拉则以冰川之上的盐粒为食。

尤弥尔逐渐变得强壮，巨大的能量在他的身体里来回涌动，他感到浑身发热，身体无比沉重，于是他倒在金伦加鸿沟的冰雪之上，陷入了沉沉的睡眠。

第二节　初始之战

在尤弥尔沉睡之后，他身体内部涌动的能量化为汗水从腋窝流出，离开身体之后，两股汗水变成了一男一女两个巨人。这两个巨人和尤弥尔十分相似，都有着巨大的身体。他们后来成为夫妻，生下了许多巨人子嗣。

在尤弥尔沉睡翻动身体的时候，他的双脚交合，能量相接，又生下一个有六个头的巨人瑟格特格尔密尔。瑟格特格尔密尔出生后，又诞下了许多后代，但是他的子嗣大都是一些体形庞大、生性愚笨的巨人，有的有几个头，有的则是一些野兽。后来，尤弥尔自己又生下更多的巨人，这些巨人都被称为冰霜巨人，他们统治着整个世界。因为血液里都有"Eitr"这种剧毒，所以巨人们都生性暴躁，被视为邪恶。

巨人们繁衍生息时，母牛欧德姆布拉仍在不停地舔食盐粒。有一天，它在冰雪之中舔出了一缕头发，慢慢地，头发幻化成一个活生生的人形——众神始祖——布利就这样诞生了。不同于暴躁的巨人，布利诞生的地方处于冰原深处，那里非常纯净，没有毒沫也没有尘埃，这样的环境把布利孕育为一个高大英俊的男神，使他有着强壮的身体和温和的性情。

布利想要改造世界，让世界充满生机和秩序，但是性情暴怒的巨人更偏爱原始的自然环境。于是，神和巨人的争斗就此开始。布利和巨人族大战许多回合，虽然布利有勇有谋，但是巨人族已经发展得非常庞大，布利寡不敌众，最终败给了巨人。在弥留之际，布利积蓄起自己全身的能量，诞下了儿子包尔，包尔出生后，布利就去世了（也有一说布利刚出生就生下了包尔）。

包尔长大以后，继续和巨人展开斗争。为了扩大神族的力量，他抢夺了女巨人贝斯特拉为妻。不久之后，他们生下了奥丁、威利和维三个儿子。奥丁三兄弟高大勇猛，出生后就加入了与巨人的斗争。随着奥丁三人加入战争，胜利的天平逐渐倾向诸神。

最终，巨人始祖尤弥尔被诸神杀死。尤弥尔巨大的身躯轰然倒下，鲜血从他的身体奔涌而出,就像一股洪流,吞没了大多数巨人。只有少数巨人存活了下来,狼狈地逃到遥远的北方,在那里建立了约顿海姆——巨人国。巨人们在这里繁衍生息,发誓永远与诸神为敌,无时无刻不想着重新回来作恶。

第三节　创世

大战之后，奥丁、威利和维成了世界的主宰，并自称阿萨神族——世界之柱。在短暂休息之后，他们发现金伦加鸿沟仍是一片虚空、荒凉。

为了更好地生活下去，奥丁三兄弟决定把尤弥尔的身体作为材料来改造鸿沟，建造一个有序的、充满生机的世界。他们先把尤弥尔的身体分开，让尤弥尔的血液和汗水充满金伦加鸿沟，成为海洋。又把尤弥尔巨大的身躯塑造成坚实的陆地。接着，把他的骨骼变成山脉，把牙齿打碎使其成为四处散落的石头，把毛发散落在陆地和群山之上成为树木。最后把眉毛打造成坚固的墙壁包围了整个大地，用来抵挡巨人的入侵。

布置好了大地之后，众神取下尤弥尔的头颅置于海洋和大地之上，使其成为天空，把脑髓做成云朵。为了防止穹庐掉下来，诸神又指派四个壮健的矮人诺德里（北）、苏德里（南）、奥斯特里（东）、威斯特里（西）站在四方之极，用肩部撑起天空。这样，天地各居其位，世界就有了大致的雏形。

然而，此时的世界仍然十分寒冷和黑暗。于是，奥丁从火之国取来两簇巨大的火焰，分别制作了太阳和月亮，把细碎的火星撒到天上，成为闪动的繁星。世界顿时变得温暖而明亮，大地也开始焕发生机，长出了绿油油的植物。

不过，这时候的太阳、月亮和繁星并没有固定的位置，天空随意飞动，大地也因此明灭不定。于是，诸神商议后决定，让太阳和月亮轮流值守，而且要按照各自轨道运行。

诸神把太阳和月亮分别放在两架金车里，载着太阳的金车由阿尔瓦克和阿尔斯维两匹骏马拉着，巨人蒙德弗利的女儿苏尔负责驾驭。因为太阳的温度过高，所以诸神又在两匹马的鞍鞯下面塞进两个风箱，防止马儿被烫伤。太阳的前面还放了一块盾牌——斯瓦林，它能在意外发生时保护大地上的万物不被太阳的烈火化为灰烬。载着月亮的金车由骏马亚斯维德尔拉着，巨人蒙德弗利的儿子玛尼负责驾驭。因为月亮的光辉很清冷，于是群星便和月亮一起值守。

然而，可怕的天狼斯考尔和哈蒂永不停歇地追逐着日月，想把它们吞噬。日食和月食，就是天狼咬着了日、月所导致的。终有一天，天狼会追上并吞掉日月，让世界重归黑暗，致使末日降临。

世界有了光明之后，诸神又觉得不能让世界上的生灵一直忙碌，所以又安排了昼夜交替。他们命令巨人诺尔维之女诺特驾一辆黑车，用黑马赫利姆法克斯拖着每夜飞速疾驰，赫利姆法克斯喷出的白沫顺着马衔和鬃毛洒落在山谷，化作了人间的晨露。

诺特是夜之女神。她曾经结婚三次，和第一任丈夫生下一子名为奥德，和第二任丈夫生下一女名为乔迪。第三任丈夫是德林，他们生了一个非常耀眼俊美的儿子达格，诸神任命他为白昼之神，为他也备了一辆车，用一匹白得发光的马斯京法克斯拉着。斯京法克斯的鬃毛间发出极亮的光线，给予世界光明和生机。

就这样，日、月、昼、夜四位神轮流驾车，让世界节律分明。

为了让一天更富于变化，诸神又指派了暮、午夜、晨、上午、正午和下午的神司掌不同的时段，世界从此有规律地运行起来。

第四节　世界之树

　　有了阳光和雨露的滋养，花草长得郁郁葱葱，尤弥尔的心脏也长出了一棵参天大树——尤克特拉希尔，这棵树的虬根深入土地，树干无比粗壮，树枝向四面延伸出去，形成了巨大的树冠，几乎占据了金伦加鸿沟的所有空间，这棵树便成了宇宙中心。(也有一种说法，世界之树是由奥丁创造。)

　　以奥丁为首的阿萨神族定居在世界之树的最上层，并将自己的世界起名为阿斯加德——阿萨神域。

　　在阿萨神族定居以后，另一个以海洋之神尼奥尔德为首的神族——华纳神族，见此处环境优美，也迁徙过来和阿萨神族比邻而居，他们把自己居住的地方称作华纳海姆。华纳神族负责掌管海洋和风，以及天地万物的繁衍生息。华纳神族还擅长很多神秘咒法。华纳神族迁居之后，因为首领管理有方，他们族群兴旺，丰饶富足。

　　有一天，诸神发现尤弥尔残存的尸体上生了许多蛆虫，于是，诸神赋予了这些蠕动的小东西不同的智慧和躯体，在光明一面的蛆虫变成了光明精灵，而背光一面的则变成了黑暗精灵。

　　光明精灵通体发亮，皮肤白皙，有着美丽的脸庞和温和的性情，还可以和树木花草以及小动物们沟通。阿萨神族特别喜欢光明精灵，于是建造了一个世界——亚尔夫海姆——精灵国，让精灵和他们居住在同一层。精灵们使用魔法照料花草，和小动物们嬉闹玩耍，让阿斯加德的风景更加迷人。

　　黑暗精灵又被称为矮人或者侏儒，他们身材矮小，皮肤黝黑，被安排居住在地下的斯瓦塔尔福海姆——矮人国，也称侏儒之国。黑暗精灵终日在地下搜集金、银、宝石等宝物，并将其藏在隐秘的地方，不轻易让人类找到，而且黑暗精灵们还特别擅长锻造。不过，诸神不允许他们白天到地面，所以他们一旦被阳光照到，就会化成石头。

　　居于世界之树下层的还有赫尔海姆——冥界，这是亡者的世界，黑暗、寒冷和雾气终年停留在这里。

在创造世界的间隙,有一天,奥丁和两个兄弟去海滩散步时,他发现海上漂来一根梣木枝与一根榆树枝,奥丁看到两兄弟在海里的倒影随着树枝一起在海面起伏,突发奇想,就用这两根树枝创造了人类之祖,女的叫"恩布拉",男的叫"阿斯克"。奥丁给他们灵魂,威利给他们理性与合作,维给他们感情、仪表和语言,他们一获得意识就紧紧地拥抱在一起。奥丁安排他们住在世界的中层——米德加德——中庭繁衍生息。

居于世界之树中层的还有冰霜巨人,他们在遥远的东方建立了约顿海姆——巨人国,世界之树的树枝延伸出去,将约顿海姆与宇宙其他空间连接在一起。

世界之树作为宇宙中心,将诸神、精灵、矮人、人类、巨人、亡者的世界连接在一起,然后延伸至金伦加鸿沟之外的雾之国和火之国,形成了九大世界。

宇宙的格局形成之后,阿萨神族花费巨大的精力和时间,在阿斯加德入口处修了一座彩虹桥——比弗罗斯特,这是唯一出入阿斯加德的通道。阿萨神族可以从这里去往其他任何世界。当然,冰霜巨人也想通过这座桥攻击阿斯加德。所以阿萨诸神在彩虹桥上燃烧起火焰,并且指派得力的干将看守这里。

世界之树还有三条巨大的树根,每一条树根下都有一眼泉水为世界之树提供滋养。

第一条树根在空中蜿蜒,深入阿斯加德,连接着兀儿德之泉,诸神每日都会聚在泉水旁边开会讨论。

第二条树根深入巨人国约顿海姆,汲取智慧之泉的养分,这眼泉水由智慧巨人弥米尔看守。

第三条树根则穿过冥界赫尔海姆,深入雾之国尼福尔海姆,赫瓦格密尔泉流经这条根部。在这里,还有一条黑龙尼德霍格和许多毒蛇,它们聚在一起不断啃食世界之树。

它还有很多动物在世界之树的枝干上面或周围安家落户。世界之树的顶

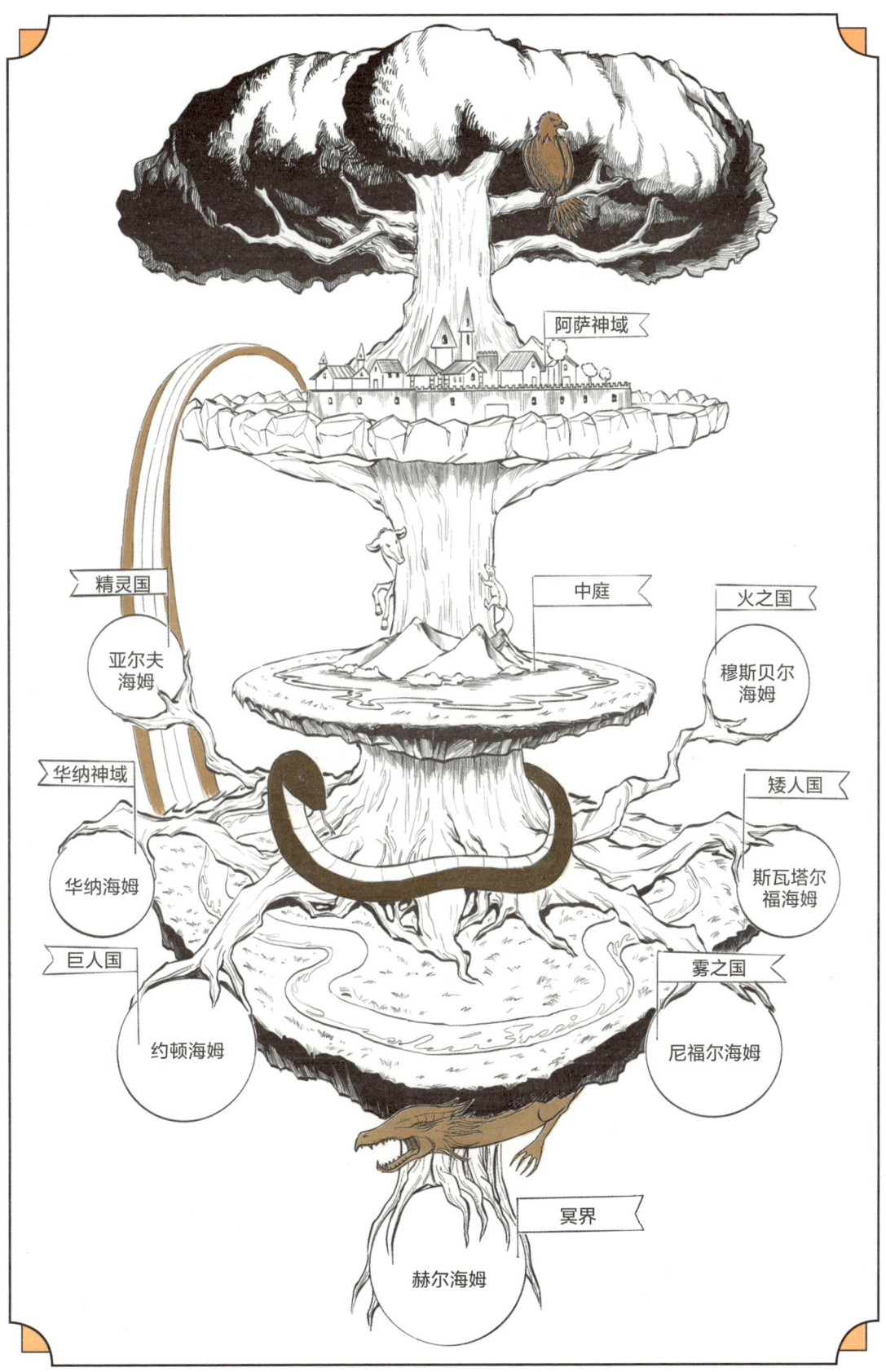

端坐着一只巨鹰，它有着锋利的爪子和锐利的眼睛。巨鹰整日俯瞰九大世界，知晓许多事情。巨鹰的两眼之间落着一只叫作维德佛尔尼尔的苍鹰，它经常飞出去巡视周围的环境。

一只叫作拉塔托斯克的松鼠住在世界之树的树洞里，每天在世界之树的主干上长途跋涉，给树顶的巨鹰和啃食树根的黑龙尼德霍格传递消息，也经常挑拨它俩的关系。除此之外，还有四匹小公鹿在世界之树的枝干之间来回跳跃奔跑，寻找鲜嫩的枝叶果腹，它们的名字分别是：邓恩、特瓦林、多尼尔和多拉索里尔。

世界之树是宇宙的擎天柱，承载了宇宙的生机，同时也忍受着各种痛苦的折磨。有预言称，世界之树倒下之时就是宇宙毁灭之际。

第五节　黄金时代

完成创世和建立世界秩序之后，阿萨神族开始忙于自己的生活。

诸神首先在阿斯加德中央宽阔的伊达瓦尔德平原上盖起了祭坛，还为自己打造了许多宏伟的大殿，让阿萨神族的每一位成员都有舒适的住所。诸神最喜欢的材料是闪耀着黄色光芒的金属——黄金，所以，他们的大部分建筑，都用黄金打造而成。诸神还把黄金制作成华贵的首饰以及做游戏用的棋子。奥丁坐在专门为他打造的黄金座椅上，在纯金的殿堂之中任命司掌不同事物的主神，还给其他神祇和侍从分派任务、定下规矩。

诸神每日在处理完各种事情之后，就一起纵情玩乐，每个人的脸上都不曾有过忧虑的阴云，这就是阿斯加德的黄金时代。

就在诸神以为这样的日子会永远继续下去的时候，智慧巨人弥米尔的三个女儿——乌尔德、薇儿丹蒂和诗寇蒂来到了阿斯加德。三位少女向诸神介绍，她们是知晓过去、现在、未来的女神，现在来到此地寻求一处居所。三位女神的到来让阿萨诸神幡然醒悟，他们知道世界会一直变化发展，未来还有数不清的意外和挑战等着诸神。于是，伴随着三位女神的到来，阿斯加德的黄金时代也一去不返。

奥丁为三位女神在兀儿德之泉附近修建了一座美丽的宫殿。三位女神每天在兀儿德之泉里面汲水，浇灌世界之树，防止它枯萎腐烂。泉水滴落到人间，就成了甘露，蜜蜂把它们当作食物。三位女神还用兀儿德之泉喂养了两只白色的鸟，这两只鸟飞到中庭，被人类称为最优雅的禽类——天鹅。

除了浇灌世界之树，三位女神的主要事务是司掌命运，每当有人降生，命运女神就会来到他的身边，像编织丝线一样，为他编织一生的命运。三位女神博古通今，且可以预知未来，所以诸神经常向三位女神请教。

第二章　阿萨神域——阿斯加德

　　以奥丁为首的阿萨神族是宇宙的建立者，也是秩序的维持者。他们生活在世界之树上层，这里山清水秀，植物繁茂。众神在平坦秀美的伊达瓦尔德平原为自己建造了众神之殿。他们使用的建筑材料都是黄金或白银，每天早晨，当第一缕阳光穿过云雾，阿斯加德的高大的建筑群就开始熠熠闪光，远远看去，异常宏伟壮丽。

　　阿萨神族的各位主神有各自的殿堂和侍从，并掌管着人间不同的事物。他们分别是众神之主奥丁、雷电与力量之神索尔、火与恶之神洛基、光明之神巴德尔、黑暗之神霍德尔、战争与正义之神提尔、诗歌与音乐之神布拉吉、守护与破晓之神海姆达尔、森林与沉默之神维达、自然之神瓦利、冬神及狩猎之神乌勒尔、真理与正义之神凡赛堤。除了诸位主神之外，阿萨神族还有诸多女神，如众神之后弗丽嘉、土地与收获女神希芙等。此外，阿萨神族还有很多其他神祇负责执行命令或者掌管其他较小的事物。

第一节　众神之主——奥丁

众神之主奥丁是宇宙的最高统治者，司掌王权、智慧、预言、治愈、魔法、诗歌、战争和死亡等。他高大威武，有着浓密的过肩白发和及胸的灰白色胡须，虽然只剩下一只眼睛，仍旧气宇轩昂。

奥丁的脚边站着恶狼基利和库力奇，它们机警地环视周围的环境，时刻保护着众神之主。奥丁的肩膀上栖息着渡鸦福金和雾尼，它们每日凌晨披着薄雾穿梭在九大世界收集信息，在早餐时分落在奥丁的肩头，用路途的见闻为奥丁佐餐。

奥丁有三座大殿，第一座大殿是白银宫殿——瓦拉斯吉雅弗，大殿的顶部由白银打造而成，上面点缀着精美的雕塑，众神在这里饮酒作乐。第二座大殿是索克瓦贝克，坐落于山坡之上，周围被一条清澈的河流环绕，奥丁和爱妻弗丽嘉居于此处。第三座殿堂是黄金宫殿——格拉兹海姆，这座宫殿由黄金打造，灿烂辉煌，坐落在阿斯加德群殿中央。黄金主殿叫作瓦尔哈拉宫，又叫英灵殿，殿堂内部气势恢宏，大厅由闪着寒光的长矛构成，屋顶用坚固的盾牌覆盖，长凳上散落着铠甲碎片。英灵殿里有540扇门，每扇门一次可通过800人。九大世界的至高王座克利塔斯克夫坐落于此殿，奥丁坐上此王座就可以看到九个世界发生的事情。

奥丁经常以不同的装扮游历人间，当奥丁想要挑起战争时，便头戴鹰盔，身披战甲。在和平时期，他就头戴蓝帽，身着斗篷。他的帽檐宽阔而柔软，低垂下来刚好遮住他的独眼。他的斗篷是暗夜的深蓝色，边上镶嵌着闪耀的星辰。当奥丁的斗篷在肩头飘动的时候，中庭的人类会看到多云的天空。

奥丁的坐骑是一匹八脚骏马——斯雷普尼尔，是天底下跑得最快的马。奥丁经常骑着斯雷普尼尔在天地间飞驰。

奥丁为了维持自己的统治，四处寻找可以得到智慧的方法。最终，他在命运女神的指引下，来到了巨人国——约顿海姆。这里有一口智慧之泉，饮

用一口泉水就能得到宇宙间的智慧，看清世界的过去和未来。但是诸神和巨人族在世界诞生之前就是宿敌，所以没有一位阿萨神族敢冒险前去饮用智慧泉水，更何况智慧巨人弥米尔常年看守于此。

奥丁为了把"智慧"带进诸神的世界里，独自骑着斯雷普尼尔，来到约顿海姆，见到了弥米尔。奥丁下马向他问候，想讨要一口泉水。

弥米尔紧皱眉头，说："想饮此泉之人不在少数，但当他们听闻代价的时候，全都落荒而逃了。"

奥丁回答说："我愿意献出阿斯加德的所有黄金，足够换一口泉水喝吗？"

弥米尔眯着眼睛笑道："黄金于我也不稀奇，你想得到智慧，就献出你那只锐利的右眼吧！"

奥丁丝毫没有犹豫挖出了自己的右眼，换来了智慧之泉的水。他强忍着痛苦一饮而尽，便有了知晓过去窥见未来的能力。但是奥丁获得这种能力之后，并没有高兴起来——因为他预见了诸神的黄昏。他看见在诸神的黄昏降临之时，神族走向灭亡，世界被毁灭。

奥丁哑然失色，内心久久不能平静，但他没有把这个消息公之于众，而是开始为推迟诸神的黄昏殚精竭虑。

为了增强自己的力量，奥丁以自己为祭品献祭给自己，他在世界之树上倒吊了九天九夜，没有一块面包充饥，没有一滴水解渴。在他快坚持不下去，生命逐渐走向死亡的时候，他从树上往下看，大地上出现了古老的卢恩文字。这种文字有着可以利用世界力量的强大能力，将这种文字刻在兵器之上，就可令其拥有无穷的力量。

虽然奥丁获得了智慧和强大的力量，但是他知道，仅凭自己和阿萨诸神没有办法打败巨人和怪物，避免诸神的黄昏的到来。于是，他在人间发动战争，派出司掌战争的神祇和数位女武神——瓦尔基里奔赴战场。众女神在天上御马疾驰，她们的盔甲闪耀着光芒，形成了凡间的"北极光"。女武神将壮士的英灵引领到英灵殿，奥丁在这里迎接各位英灵，授予他们无上的荣光。于是，英灵战士们就安心居于此地，早晨从门里鱼贯而出操练武艺，晚上则回到殿堂大吃大喝。日复一日，乐此不疲。

负责战士饮食的是神厨安德赫利姆尼尔，他每天用大锅烹饪肉食，食材来自神奇野猪——沙赫利姆尼尔，沙赫利姆尼尔每次被吃后，第二天就会膘肥体壮地复活。战士们饮用的蜜酒则来自蜜乳山羊——海德伦，山羊吃着莱瓦尔之树的叶子，甜美的蜜酒就会从它的乳房源源不断流出。清晨薄雾中的水汽在巨鹿——艾梵尼尔的鹿角凝结成为露水，然后汇聚成数条流经阿萨神族住所的清澈河流。神厨安德赫利姆尼尔就在此处汲取烹饪用的水，这里的水可以让食材更加鲜美。

美酒佳肴应有尽有，女武神穿梭在座位之间为英灵战士们斟酒，战士们则敞开肚皮吃肉、豪饮，大声谈笑。奥丁有时也会参与晚宴，但是他只喝酒，把肉扔给脚下的两匹恶狼。

奥丁时时关注英灵战士的训练，同时也培养着自己的儿子，希望他的子孙后代能够保卫世界，且长存于世。奥丁的正妻是众神之后——弗丽嘉，弗丽嘉为他生下了光明之神巴德尔和黑暗之神霍德尔。奥丁还有许多情人，这些女性都为他诞下子嗣，他与女巨人娇德生下了雷神索尔；与不知名的女性生下了战争与正义之神提尔；与九大女神生下了守护与破晓之神海姆达尔；与女巨人格莉德生下了森林与沉默之神维达；与凡人女性林德生下了自然之神瓦利；与另一位不知名的女性生下了诸神使者赫尔莫德；诗歌与音乐之神布拉吉也是他的儿子，其母亲则是女巨人贡露。

第二节　火与恶之神——洛基

洛基原不属于神族，他是巨人法布提和劳菲的儿子，他身上流着巨人的血液，还有两个巨人兄弟赫尔布林迪与贝莱斯特。

创世之初，洛基曾经与奥丁歃血为盟，成为结拜兄弟，发誓要像手足一样互惠互利，由此得以位列主神。奥丁曾说过自己绝不会独享蜜酒，除非和洛基共饮。

洛基长相俊美，足智多谋且擅长变形，但个性轻浮，经常出言不逊，捉弄诸神，有时甚至让阿萨神族陷入巨大的麻烦之中。不过，他总是能够化险为夷，摆平争端。所以，尽管诸神对他十分头疼，但又无计可施。洛基几乎不随身携带武器，他最大的本领便是以三寸之舌颠倒黑白，强词夺理。当危险来临时，他则脚底抹油，溜之大吉。

洛基天生不喜欢各种规则，整日游手好闲，四处施弄诡计，拈花惹草。他曾经在巨人国的铁森林和巨人族的女巫师安格尔伯达幽会，让女巨人为他生下了三个奇怪的孩子：一个是巨狼芬里尔；一个是巨蟒耶梦加得；一个是死神海拉——左半边身体健康美丽，右半边身子呈透明深蓝色且没有血液流经。

随后，洛基便继续到处游荡，留下女巫师安格尔伯达独自抚养三个孩子。

奥丁知道这三个孩子后，大吃一惊，他预感这三个孩子将会对阿萨神族造成巨大的威胁，便吩咐诸神把他们带到阿斯加德。奥丁将耶梦加得扔进了围绕着中庭的大海中，让它自生自灭；把海拉流放到遥远的地下成为死亡女神；最后将芬里尔养在阿斯加德，让诸神严加看管。

洛基还有一个孩子，即奥丁的坐骑斯雷普尼尔。不过洛基不是斯雷普尼尔的父亲，而是他的母亲。事情还得从诸神为阿斯加德修建围墙说起：

那时，诸神刚刚经历了一场战争，为了在宫殿四周加筑围墙而到处寻找能工巧匠。后来，一名巨人工匠承诺在三个季节之内建好围墙，但条件是要女神弗蕾亚为妻，还要驾驭太阳车的苏尔和月亮车的玛尼做陪嫁。三位神当

然不同意，但是诸神又着急建筑围墙以保障安全。大家商讨一番后，还是答应了。不过附加了很多限制条件，增加难度，以期巨人工匠不能如约完成。没想到，巨人工匠统统答应下来，而且只要求使用他的公马斯瓦迪尔法利做助手。洛基觉得巨人和一匹马根本不可能在三个季度完成这么大的工作量，于是怂恿诸神接纳了这项提议。

令诸神意想不到的是，公马斯瓦迪尔法利的力气居然比巨人工匠还大，能轻松搬起巨石，不知疲乏地为工匠运来建筑材料。在斯瓦迪尔法利的帮助下，巨人工匠的进度非常顺利，在限期前的三天，工程已接近完成。巨人工匠不时地眺望着弗蕾亚的方向，希望赶紧完工，然后领走女神。这可愁坏了诸神，他们赶紧聚集在一起商讨如何解决问题。有一位神提出，是洛基当初信誓旦旦地保证巨人不能如约完工，大家才和巨人打赌的，所以得由洛基负责。面对指责，洛基竟然轻松答应，然后转身走开，留下诸神面面相觑。

洛基来到巨人工匠干活的地方，看到工匠刚用完了建筑材料，正在等着斯瓦迪尔法利搬运石头过来，立即心生一计，变成了一匹雪白的雌马，跑到斯瓦迪尔法利附近向它嘶叫。斯瓦迪尔法利看到后，立即迷上美丽的雌马，抛下拉石头的车子就去追。

就这样，两匹马整晚在追逐，巨人工匠没有建筑材料，也找不见自己的马，导致工程无法继续。气哄哄的巨人工匠一大早就跑去大骂诸神，说他们使用诡计拖延工期。诸神并不承认，于是两方互相咒骂甚至大打出手，巨人当然不是诸神的对手，最后被雷神索尔杀死。

诸神胜利之后庆祝了一番，但是许久没有见洛基露面。原来，洛基躲到人间经历了八个冬天，生下了一匹有八只脚的灰色幼马——斯雷普尼尔，并把它送给了奥丁。诸神虽然背后揶揄洛基，但是毕竟洛基救了三位神，便不再当众提起此事。

此外，洛基还与神族正妻西格恩生了两个孩子：纳尔弗和瓦利（与奥丁之子同名，但不是同一个人）。西格恩平日非常低调，安静少言，而且对洛基十分忠诚，尽管洛基在外胡作非为，但是西格恩始终没有半点怨言，尽心尽责地抚养两个孩子。

洛基不喜欢和妻子待在自己的宫殿，就算回到阿斯加德也只是到处瞎逛。有一天，他路过雷神索尔的宫殿，看到雷神的妻子希芙正坐在她的花园中梳理一头光彩夺目的金发。洛基闲来无事，趁希芙睡觉时，把她的金发剪得一干二净。希芙一觉醒来，看到自己的头发不见了，伤心不已，失声痛哭。

索尔知道之后，无比震怒，把阿斯加德翻了个底朝天，揪出了洛基。洛基一看大事不妙，便百般求饶，说自己可以弥补此事，让希芙恢复原样。索尔思索片刻，决定给他一次机会。

洛基深知自己不是索尔的对手，匆匆来到了矮人国，找到了矮人国最负盛名的工匠伊凡尔第和他的儿子们，讲明来意后，几个矮人很痛快地答应下来。他们把黄金拉成细线，然后飞快地编织，不一会儿就做好了一头金色的长发。伊凡尔第告诉洛基，这些假发戴到希芙头上之后还会生长，和真发一模一样，洛基对此连连赞叹。

伊凡尔第和儿子们还加班加点分别为奥丁和丰饶之神——弗雷打造了一件宝物，献给奥丁的是永恒之枪冈格尼尔，此枪百发百中，每当被掷出时，它会在天际划出一道银白色的亮光，被居于中庭的人类称为"流星"。送给弗雷的是一条能折叠起来的神船——斯基德布拉德尼尔。

洛基道过谢，带着宝物心满意足地走了，碰巧在路上遇见了伊凡尔第的另一个儿子布洛克，忍不住地向布洛克炫耀三件宝物，说："虽然说你哥哥辛德里名气最大，但是他再有能耐，也做不出来这样神奇的东西吧。"

布洛克轻蔑地笑了一下，说："你对辛德里的手艺有些误会，你敢和我打赌吗？"

洛基对布洛克的态度很是不满，挑衅地说："若是辛德里能做出来更神奇的宝物，那你就可以拿走我的首级。"

布洛克喊道："一言为定！"说完就拉着洛基来到辛德里家里。

两人对辛德里说明来意，辛德里就一言不发地开始工作了。一眨眼的工夫，这个远近闻名的工匠就做出了一头金色的山猪和一个精美的指环。打造第三件宝物的时候，辛德里叮嘱弟弟布洛克一刻不停地拉风箱，自己则走出山洞，在外面敲敲打打。

心里十分慌张的洛基，趁着没人留意，变成一只巨大的飞虫，落在布洛克的眉毛下面狠狠地叮咬。布洛克忍着痛继续拉动风箱，鲜血滴到他的眼睛里，他迅速地抹了一下，就在这一瞬间，炉膛中的火焰骤然变微弱了。恰好辛德里回来了，他看见变小的炉火非常生气，忍着怒火从炉中取出一把铁锤。原本这是一把长柄的双手使用的铁锤，因为火候不够，铁锤的手柄只够单手抓起。事已至此，辛德里也无计可施，就把三件宝物交给布洛克，让他和洛基一同动身前往阿斯加德。

奥丁召集了几位神祇聚到大殿。希芙首先戴上了第一件宝物——金色假发，诸神交口称赞，都说比以前的头发更漂亮。洛基又向奥丁献上第二件宝物——永恒之枪冈格尼尔，这杆长枪是全世界最锐利的武器，也是后来奥丁最喜爱的宝物之一。洛基又把第三件宝物——神船斯基德布拉德尼尔交给了弗雷，这艘船虽然小巧玲珑，但一放入水中就会瞬间变大，容纳成千上万的战士，而且只要升起船帆，就会有强风来鼓帆推动船前行。

在诸神对宝物爱不释手的时候，布洛克上前献出了辛德里打造的三件宝物。他首先送给奥丁金指环德罗普尼尔。布洛克解释说："这只指环虽然看似普通，但每隔九个晚上就会复制出一只一模一样的指环，源源不断地产生财富。"奥丁欣喜地接过戴在手上。

随后，布洛克向弗雷献上金鬃山猪古林博斯帝，并且告诉弗雷："这只山猪可以不知疲倦地日夜奔驰，而且在夜行赶路时，山猪的金鬃毛会发出明亮的光照亮道路。"

最后，布洛克把铁锤妙尔尼尔交给了索尔，说："这把锤子具有神力，可以击碎一座大山，而且无论被扔出去多远，它都会自动地飞回索尔手中。"

索尔大喜，拿过铁锤，使劲对着远处的一块巨石挥去，巨石果然一下被击成粉末，然后铁锤稳稳地回到索尔手中。

诸神一致认为，这柄铁锤可以帮助阿萨神族对抗冰霜巨人，是最杰出的一件宝物。这样一来，打赌就算洛基输了。洛基见形势不对，便想溜之大吉，但被索尔抓了回来，告诫他愿赌服输，不要丢了神族的脸面。

情急之下，洛基忽然心生一计，对布洛克说："看来我的脑袋是保不住了，把你们最锋利的刀子拿来，取走我的项上人头吧！但是咱们可没有算上脖子，诸神做个见证，你割头的时候，可不能把我的脖子割下来，要是割下来了，就算你违背了诺言。"

布洛克气得直跺脚，但是他又不想轻饶洛基，于是用尖钻给洛基的嘴上扎了一排洞，一针一线地把洛基的嘴唇缝了起来，让他以后再不能油嘴滑舌。

众人散尽，洛基挣开缝着嘴唇的丝线，他丝毫没有觉得难堪，反而觉得他为阿萨神族带来这么多宝物，立了大功。这样想着，他得意地笑了几声，大摇大摆地走了。

第三节 雷电与力量之神——索尔

索尔是雷电与力量之神，同时还司掌风暴、战争、农业和人间的仪式。索尔高大伟岸，红色的头发和胡须就像熊熊燃烧的烈火。他的性格也像烈火一样，豪迈粗暴且容易激动。索尔是阿萨神族最强的战士，也是食量最大、酒量最好的神。

索尔出生在约顿海姆，他还是婴儿时就力大无穷，周围的巨人族后裔都不是他的对手。他的母亲觉得索尔是个可塑之才，自己无力抚养，于是就给他找了一对巨人族的养父母——维格尼尔和赫萝拉。

长大之后，索尔被迎接加入阿斯加德，位列主神。奥丁赐予他阿斯加德最大的宫殿——毕尔斯基尔尼尔。这座宫殿有540个大厅，那些贫困一生的人死后，灵魂会来到这里，索尔对奴隶的灵魂也是一视同仁，因此索尔被奴隶们视为恩神。

索尔是保护阿斯加德的主要力量，也是所有冰霜巨人的噩梦。他的勇敢善战闻名于九大世界，每当冰霜巨人蠢蠢欲动想肆虐人间或者欺凌阿萨诸神时，索尔一站出来，他们就马上落荒而逃。除了天生神力，索尔还有一个非常厉害的武器——雷神之锤妙尔尼尔。不过雷神之锤特别重，诸神中只有索尔能拿动它。

为了更好地保护米德加德，索尔除了在人间游历，也经常主动去往巨人国斩杀巨人，以控制巨人族的数量。索尔身形高大，没有适合他的坐骑，所以他乘坐着两只山羊拉动的战车出行。他的山羊分别叫坦格里斯尼尔和坦格乔斯特，它们行走时脚步声非常响亮，且常常摩擦产生火星，变成人间的雷声和闪电。索尔外出时，会杀掉这两只羊充饥，吃完之后将骨头用皮包起来，再用锤子敲击一下，它们就会在第二天复活。

有一次索尔和洛基在人间游历的时候，借住在一个农场，索尔和这家人分享了他的山羊肉，但是在吃羊肉的时候，农夫的孩子希亚费中了洛基的诡计，吃下了山羊后腿的骨髓。

第二天早上，索尔复活山羊时发现一只山羊因为缺少骨髓腿瘸了，他瞬间变得非常愤怒，大吼着询问缘由。希亚费被吓得慌忙承认错误，农夫一家也吓得浑身发抖，连声向索尔道歉，表示愿意付出一切赔偿索尔的损失。索尔见他们诚心赔偿，便告诉农夫，他刚好缺少随从，让农夫的儿子希亚费与他的妹妹萝丝克芙作为他的仆人。此后，索尔常常与兄妹两人乘坐山羊战车出行，并且把山羊交给他们饲养打理。

索尔的妻子是土地与收获女神希芙，他们有一个女儿叫斯露德。斯露德和她父亲一样力大无穷，而且是一名女武神。在索尔来到阿斯加德之前，他在巨人国有一位青梅竹马的情人叫雅恩莎撒，他们有两个儿子——曼尼和摩迪。这两个儿子有勇有谋，深得索尔的喜爱，后来继承了雷神之锤妙尔尼尔。除此之外，索尔还有一个继子——乌勒尔。乌勒尔也是主神之一，司掌冬天、雪花、箭术和狩猎。乌勒尔的住所是紫杉谷，他喜欢穿着雪靴，背着弓箭去山里打猎，因为常年练习，他是阿萨神族里数一数二的神箭手。

因为索尔保卫阿斯加德和米德加德，所以在诸神和人类世界都有很高的威望。有一天，索尔带领着阿萨诸神去狩猎，满载而归的诸神生起篝火烧烤野味，大口吃肉，豪饮蜜酒。酒足饭饱之后，他们抽签选出下一次承办宴会的神，结果抽中了深海之神——埃吉尔。埃吉尔是司掌深海的神，他喜欢追逐海船，并把船只拉到水底，所以中庭的船员和海盗都十分惧怕他。埃吉尔离群索居，不喜好交际。诸神平时也不热心和他交流，但是那天趁着酒意，大家都挤到了埃吉尔的殿堂里面。

索尔带头喊道："我们刚抽签选中你，你下次要举办宴会招待大家，赶紧动手筹备起来吧。"

埃吉尔本来好端端在家闭目养神，被诸神打扰了休息，心有不快，难为索尔说："承办宴会倒不是什么难事，我定会备好美味佳肴供诸位享用。不过无酒不成席，我家里没有酒了，也没有足够大的锅为这么多人酿酒，要是索尔你能找到一口巨锅，剩下的事情就交给我了。要是找不到，那我也实在没办法了。"

索尔一下愣住了，阿斯加德神祇众多，要为这么多人酿酒，得需要多大的锅呀！诸神也议论纷纷，觉得九大世界之内都不可能有这么大的锅，下次的宴会应该不能如期举行。埃吉尔看着大家垂头丧气、无计可施的样子，暗自开心起来。

这时，战争与正义之神提尔忽然大喊道："我想起来了，我的外祖父巨人希米尔家中有这么大的锅。他的那口锅足足有一里深，锅口非常宽。这口锅酿出来的酒，足够阿斯加德诸神敞开肚皮畅饮好几天。"

索尔激动得想拍手叫好，但转眼间又满脸愁云："我整天杀伤巨人，怕主人不肯借给我呀！"

提尔说："咱们需要略施妙计，到时候见机行事吧。"

埃吉尔骑虎难下，只得尴尬地说："那我们就静候二位佳音。"

第二天一大早，提尔和索尔就起床赶路，因为路途遥远，他们半点不敢耽误。公羊拉着战车风驰电掣，索尔和提尔两人只听得耳边的风呜呜作响，终于在傍晚时分到达了目的地。只见此处怪石嶙峋。两人来不及细看周遭的风景，提尔的外祖母就迎上前来，索尔看到吓了一跳，虽说常常和巨人族打交道，但是长了九百个脑袋的巨人索尔还是第一次见。提尔亲切地和外祖母打招呼并说明来意，外祖母的上千只眼睛滴溜滴溜转动着听他说完后，让俩人来到家中。家里有一个身姿婀娜、浑身裹着黄金的女人为他们端来了蜜酒。两人早已口渴难耐，就在两人大口痛饮时，女巨人说道："外孙呀，你知道你外祖父这个人，为人粗鲁、脾气暴躁，小气，又不懂待客之道，你们两个先藏起来，等我和他慢慢说，先探探他的态度。"两人连连点头，藏在了厅堂的山墙底下，巨大的庭柱刚好把他们遮挡住。

希米尔打猎归来的时候，已经夜深人静。阴冷的月光洒在他坑坑洼洼的脸上，十分吓人。因为山里温度非常低，他的胡须上全是冰霜，头发上的冰柱互相撞击发出叮叮当当的响声。提尔的外婆被吵醒，赶忙上前对希米尔说："希米尔，咱们的外孙回来了。自打他出门以后，我们常常牵挂着他，这次回来可要好好叙叙旧。和他一起来的还有他的朋友，是个年轻的武士，叫威奥。"

索尔和提尔两人一直提心吊胆没有睡着，屏息凝神听两个巨人的对话。

希米尔笑了一声,轻蔑地说道:"两个人倒是挺会玩捉迷藏的。"接着大吼一声,眼睛里的怒火瞬时喷涌而出,就像闪电一样,把索尔和提尔藏身的庭柱折成了两截。紧接着,放在房梁上的八口大锅全都乒乒乓乓地落下来,摔成碎片。唯独经过千锤百炼的那一口锅,摔到地上后发出清亮的响声,反弹一下,完好地滚落在一边。

索尔和提尔两人见状,赶快去捡锅。希米尔怒目圆睁,认出了眼前的红髯大汉,这不是什么叫威奥的武士,而是杀巨人不眨眼的索尔。女巨人一看情况不妙,立即赶了三头牛进来,笑着说:"大家肚子都饿了吧,赶快吃晚饭。"希米尔肚子饥饿难耐,就先不计较其他事情,张罗着煮肉吃。

希米尔、索尔和提尔分别割下一个牛头扔到滚沸的锅里,索尔以风卷残云之势吃掉了两个牛头。希米尔大吃一惊,盯着索尔说:"你怎么一个人就吃了这么多,明天黄昏你要和我一起去打猎,把今天的饭给挣回来。"

索尔说:"打猎还要等到黄昏时候,山里气温太低,不如你带上鱼饵,我们一起去钓鱼!"

希米尔说:"钓鱼也可以,但是堂堂索尔连个鱼饵都找不到,要让我带吗?"

索尔哼了一声,没有言语。

第二天,索尔早早来到放牧的地方取鱼饵。索尔在巨人国长大,知道钓大鱼要用牛羊的内脏,临走时又带走了一个牛头。虽然此行的主要目的是取锅,但索尔听闻耶梦加得被奥丁扔进大海之后非但没有死,反而长得更大了,在海里兴风作浪,危害百姓。索尔暗想,此行要是能把这个怪物一起除掉,那就最好不过,据传这个怪物最喜欢牛头,所以索尔准备用牛头做饵试一试。

第三天一大早,索尔就叫醒其他两人,带着饵料划船出海。索尔奋力挥动船桨,船就像骏马在陆地奔驰一样,很快就来到希米尔平时钓鱼的地方。希米尔站起来打算把船停下来,但是索尔仍在飞快地划动船桨,让希米尔一个趔趄倒在船舱里。希米尔拍着船身大喊道:"快停下来!已经到了,别再划了,前面有大蟒蛇出没,你会让我们都葬身大海的!"

索尔佯装没有听见,还是继续挥动船桨,直到大海中央才收手,然后气喘吁吁地看向水面,此处的海水是接近墨色的深蓝,海面也异常平静。索尔说:

"咱们就在这里钓鱼吧！这里肯定有很多大鱼！"

希米尔这时站起身来，怒气冲冲地抓住索尔的脖子说："快点往回划，不然我把你扔下去喂鱼。"

索尔哈哈大笑说："你是害怕了吗？我还以为巨人希米尔天不怕地不怕呢。"

提尔走到两人中间，劝说道："既然已经到这里了，不如我们速战速决，钓完鱼赶快回去。"说着，提尔把牛羊的内脏递给希米尔，然后把他拉到一边。

希米尔是打猎钓鱼的行家，不一会就钓到了两条大鲸鱼。索尔悄悄地走到船尾，放下了牛头。但是过了好一会，都没有动静，他只得一直忍受着希米尔的冷嘲热讽。就在索尔准备换地方的时候，钓竿忽然剧烈地晃动起来，索尔死死地拉住钓竿，提尔也过来帮忙，他们使出全身的力气，把战利品拖出海面，果然是巨蟒耶梦加得！

提尔拉紧钓竿，索尔一把抓住巨蟒滑溜溜的尾巴，这条恶兽剧烈地扭动嘶叫着，掀起巨浪险些把船打翻，张开的血盆大口中不断喷出毒液。此时的希米尔早已被吓得魂飞魄散，就在索尔准备拿起雷神之锤砸向巨蟒要害时，希米尔拿出一把刀割断了钓线，巨蟒迅速地沉入深海中。看着就要除掉的孽畜逃回大海，索尔勃然大怒，一把将希米尔推入海中。希米尔爬上船破口大骂："你个不知深浅的东西，你要送死，别牵连了其他人。"

索尔黑着脸不说一句话，转舵往回划船。到了岸边，希米尔故意刁难索尔，他说："你一条鱼也没钓着，那剩下的事情就交给你了。"

索尔一声不吭走到前面拉住船头，从船舱里拎出来鲸鱼，然后把船桨和鱼笼横架在背上，扛起鲸鱼一口气跑到了希米尔家的庄园里。

希米尔见索尔轻松地完成了任务，心里仍旧不服，晚宴时又给索尔出了个难题，他对众人说道："索尔虽然能扛鲸鱼，能把船划得像在水里飞，但是这都算不了什么。我这里有个水晶杯，非常坚硬，要是能把这个水晶杯摔碎，那才算真的力气大呢。要是你赢了，我就把那口大锅送给你。"

索尔接过水晶杯，狠狠地把它砸向石柱，又砸向石墩，但是水晶杯没有半点破损，索尔着急万分。这时，浑身裹满金子的女巨人悄悄告诉他："希米尔的头比世上所有的石头都坚硬，尽管把杯子扔到他头上就好。"

索尔走到宴席旁边，拿着水晶杯朝希米尔的头扔去，巨人的头果然无比坚硬，酒杯应声而碎，数不清的碎片洒落在他的膝盖上和地上。

希米尔没有料到索尔使出这招，放声哭喊："我的无价之宝啊！没有这个酒杯，我以后要怎么喝酒，再香醇的美酒对我来说都索然无味了！"希米尔掩面悲伤了好一会才缓过来，对索尔摆摆手说："那口大锅现在是你们的了，只要你们还有力气带走它。"

提尔屈膝躬身，使出浑身力气，但是大锅丝毫未动。索尔围着锅转了一圈，提着锅沿把锅立了起来，然后把锅滚出了厅堂，出了大门，他把大锅一边顶在头顶上，一边拖在地上，锅和地上的石头撞击，冒着火花乒乓作响，但是丝毫不变形。索尔就这样走出了好几公里地。正在他们准备休息时，身后传来了嘈杂声，原来是一群巨人提着武器蜂拥而来，领头的正是巨人希米尔。索尔暗暗说道："言而无信的小人，看我怎么收拾你们。"然后扔下手中的锅，挥动起雷神之锤，把一众巨人打得落花流水，便继续赶路，想快点远离这个是非之地。

刚出巨人国没多远，战车突然停了下来，索尔下车一看，拉战车的公羊腿脚全都瘸了，奄奄一息地倒在路边。索尔心中十分惋惜，但也无可奈何，于是杀了公羊，在半路上做了祭祀。两人拖着大锅继续步行前进，把大锅带回了阿斯加德，诸神见到大锅喜出望外，连连称赞。只有答应承办酒席的埃吉尔后悔莫及，只得承办下一次酒宴，招待各位神祇。

第四节　战争与正义之神——提尔

提尔是司掌战争与正义的神祇，此外他还是人间契约的保护神，各种誓言的守护者，他会嘉奖信守诺言之人，惩罚失信之人。

提尔的父亲是众神之主奥丁，母亲是不知名的女巨人。因为有巨人族的血脉，提尔长得高大威猛，而且力大无穷，他痴迷于钻研战术，整日在英灵殿和诸位英灵战士一起休息、打斗。除了指导现有的英灵战士训练，他还负责在人间挑起战争，提尔经常披着战甲，头戴战盔，随身佩戴利剑，带着诸位女武神介入中庭的战争，并且招徕新的英灵战士。因为提尔可以干扰战争的走向，所以中庭的人们在开战前，会在剑柄刻上"提尔的符文"，以此向提尔祈求胜利。

提尔不光骁勇善战，而且胆量过人。当奥丁把恶狼芬里尔带回阿斯加德看管时，诸神都惊慌失措，只有提尔一人敢上前喂养它。但是，随着芬里尔逐渐长大，体型变得硕大无比，凶恶的本性也开始显露。诸神觉得芬里尔的存在威胁着大家的安危，便想用计将芬里尔捆绑起来，以免后患。

诸神偷偷地打造了一条叫雷锭的铁链，并在一个风和日丽的中午，诸神佯装成两派打赌，一派说芬里尔力大无比，肯定能挣断铁链，另一派说这条铁链足足有手腕粗，芬里尔肯定无法挣脱。芬里尔在诸神的起哄声中将脖子套进铁链，前足发力，把身子压低一使劲，轻松将铁链挣断。诸神顿时慌了神，但是仍假装称赞芬里尔力大无比，是阿斯加德的神兽。

当天，诸神又加急打造了一条更为坚固的链子——德洛米，第二天的中午故技重施，让芬里尔套上链子。芬里尔毫不在意地戴起链子，朝天嚎叫了一声，使出浑身解数，链子又被挣断了。消息传开去，芬里尔得意扬扬，可整个阿斯加德却陷入了恐慌。

诸神悄悄地聚在一起商讨，最后决定找深居地下的矮人们帮忙。矮人们接到任务不敢怠慢，没日没夜地寻找材料，加班加点地工作，最后用猫的脚步、山的根、女人的胡子、鱼的呼吸、熊的肌腱、鸟的唾液造成一条比丝线还细的魔链——格雷菲耶。

因为造这条绳子需要的材料太多，所以人间的猫没有了脚步声，山失去了根，女人不长胡须，鱼不再呼吸，熊变得笨重，而鸟儿也不会有唾液。

拿到魔链之后，诸神把芬里尔带到亚姆斯瓦提尼尔湖中间的小岛上，再次打赌，让它缚上链子。在打造魔链的日子里，芬里尔又长大了许多，对自己的力量也更加自信。但是诸神一而再再而三地想要把它捆住，芬里尔起了疑心，扭头就要离开。诸神赶紧告诉它："如果这次你还是挣脱了，那我们就把你封为阿斯加德的大力士，在九大世界宣扬你的力大无比。"

芬里尔心动了，但它提出个条件，要让一位神把手放在它的口中作为保证，如果它没有挣脱，仍旧要还它自由。诸神没有料到芬里尔会提出如此条件，都后退了几步，没有人愿意冒险。这时提尔挺身而出，把自己的右手放在恶狼口中。于是芬里尔乖乖套上了魔链开始发力，但它无论如何都不能将魔链扯断，而且越挣扎，魔链捆绑得还越紧。芬里尔知道自己中了圈套，震怒之下咬断了提尔的手。提尔的断臂鲜血如注，但是他强忍住没有喊一声。

诸神趁机把魔链的另一端缚在一块深埋地中的巨石基奥尔上，再用一块名为特维提的岩石压住，最后再用一条名叫盖尔加的链子加固。芬里尔发疯似的张开巨口想咬人，诸神便用剑撑住了它的嘴巴，就这样，芬里尔被困在了孤岛上，它的口水源源不断地从合不拢的嘴里流出，后来汇成了一条河，名叫瓦恩。

提尔以失去右手的代价，换得了阿斯加德一时的风平浪静。诸神都对他心怀感激，佩服有加，将他称为和平使者。

第五节　光明之神——巴德尔和黑暗之神——霍德尔

　　光明之神巴德尔和黑暗之神霍德尔是一对孪生兄弟，他们同为奥丁和弗丽嘉之子。

　　霍德尔是负责司掌黑暗和失望的神，双目失明，他的头发和皮肤是墨水一样的颜色，穿的衣服也全是深色的。霍德尔寡言少语，很少与诸神交流，性格内向而古怪。诸神都对他了无兴趣，人类也对他避之不及，甚至他的父母也更偏爱巴德尔。霍德尔的内心因此积郁怨恨，整日深居在自己的宫殿，就连诸神举办宴会或者聚众游戏时，他也独自待在一边。

　　与霍德尔相反，巴德尔是一位长相俊美的神，他肤白如玉，眼神清澈，头发和眉毛也是明亮的银色，个性活泼，甜美的微笑总是挂在他的嘴角。巴德尔是阿斯加德和中庭最受欢迎的神祇，所到之处充满欢声笑语，大家对他爱戴有加。

　　巴德尔住的宫殿叫布雷达布利克，是诸神专门为他建造的，屋顶是用雪白的银子做的，柱子是明亮的黄金做的，殿堂里面纤尘不染，空气都异常清新，任何不洁的东西都不允许进入。他的妻子叫作南娜·尼普斯多蒂尔，是快乐之神。南娜身材娇小，长相柔美，周身环绕着金色光芒。南娜和巴德尔共同居住在布雷达布利克，夫妻两人恩爱有加。巴德尔和南娜还有一个儿子叫凡赛堤——真理与正义之神。凡赛堤对人间需要调解的事情提出仲裁，平息一切争端，是最聪明正直且善于雄辩的神，他的宫殿名为格利特尼尔，白银作顶，内有雕花金柱，殿内一切物品都摆放得整齐有序。

　　巴德尔一家在阿斯加德平静地生活着，享受着诸神和人类的爱戴。但是忽然有一天，阿斯加德的天空变得灰暗，花草树木没有了精神。诸神十分不解，一番寻找原因之后，才发现平日活泼开朗的光明之神巴德尔脸上愁云密布。诸神询问原因，才得知：巴德尔昨晚做了一个异常真实的梦，梦中有人要暗害他，巴德尔无处可逃，醒来之后还心有余悸，恐慌占据了巴德尔的身体，

令他整日心神不宁。

奥丁觉得此事非同小可，不顾自己年事已高，立即骑上八脚宝马斯雷普尼尔，一路疾驰来到死亡女神——海拉的宫殿。

海拉正是被奥丁发落至此司掌死亡。奥丁没有拜会海拉，直接走到东面的大门，走到女占卜者的棺旁。奥丁随即念出一道咒语，让女占卜者复活了过来，她的脸苍白中透着黑青色，双目紧闭。她带着怨恨的语气说道："究竟是什么人如此无礼霸道，让已经作古多年之人的灵魂长途跋涉，一路历经风雨寒冷来到这里，浑身湿透饥寒无比，到底是谁让一个死人遭受这样的折磨？"

奥丁假装成一个凡人说道："我只是一介匹夫，名字叫作威格坦姆，是屠夫瓦尔坦姆之子。听闻你知晓天地间的一切事情，特来请教。我看到死亡之国的长凳上点缀着黄金，座位上还放着戒指，这是要迎接谁呢？"

女占卜者缓缓地说道："不光有黄金和戒指，杯子还盛满了蜜酒，阿萨神族的死灵都在等着光明之神巴德尔来到赫尔海姆，与他们为伍。"

奥丁赶紧追问："那是什么人杀害了那位人见人爱的神呢？"

女占卜者冷冷地回答说："天机不可泄露。"

奥丁转了转眼珠子，说："我已冒着风雨而来，不妨多说一点吧！让我这一介匹夫长长见识。"

女占卜者迟疑片刻，说："杀死巴德尔的不是其他人，正是他的同胞兄弟霍德尔，他受人指点用利器夺走了光明之神的性命。"

奥丁又问："那什么人能为巴德尔报仇？"

女占卜者说："那个人如今还没有诞生，他会把凡人林德叫母亲，他身上也将流淌着阿萨主神的血液，那个人的名字叫瓦利。"

奥丁沉默了一下，继续问："我在来的路上看见三位姑娘为爱落泪，各自把头饰扯下来扔上天空，那三位姑娘又是何人？"

女占卜者叹了口气说："我看你并非威格坦姆，而是奥丁本人吧！你本来是个足智多谋的人，但你刚刚说话露出马脚，想必也是因为你也年事已高。"

奥丁笑着回答："我猜你也不是凡体肉胎，你就是三个女儿的母亲，她们的名字叫作命运三女神。"

女占卜者突然发出一阵阴森的笑声："不愧是众神之主，不过，你赶快骑马离开吧，阿斯加德将有性命攸关的大事需要你做主。"女占卜者说完之后，闭上发黑的双唇，再也不言语。

奥丁驱马回到阿斯加德，把事情告诉弗丽嘉，弗丽嘉掩面哭泣了良久，整夜未眠。第二天清晨的时候，弗丽嘉激动地召集诸神，告诉大家她想到了一个保全巴德尔生命的办法。弗丽嘉要求诸神分头走遍世界，让世间万物都发誓不能伤害巴德尔，所有的金属、石头、树木、疾病、野兽、矮人、飞鸟、土块都纷纷应允，保证不做半点对巴德尔不好的事情。诸神终于松了口气，昔日的笑容也回到了巴德尔的脸上。

于是，诸神大兴酒宴庆祝。宴会结束后，大家聚在一起游戏。不知谁提出来，可以往巴德尔的身上扔东西玩，因为万物早已许诺，所以巴德尔不会受到伤害。有的人用树棍打巴德尔，有的人用石块扔他，甚至有人拿出大刀挥向他，但是巴德尔毫发无损，大家都笑作一团，继续玩闹。

这时，在一边瞎逛的洛基见状，便上前一探究竟，得知现在巴德尔不被万物所伤，本就因为不受诸神待见的洛基便更加嫉妒巴德尔，决定要给巴德尔一点颜色看看，于是化身为一名白发老妪，来到弗丽嘉的宫殿，给弗丽嘉讲述在外面的所见所闻。

老妪故作惊奇地问："巴德尔也是肉身，为什么可以刀枪不入呢？"

弗丽嘉说："我已经让所有尖锐、坚固、有力量的东西发誓，所以他们都伤不到巴德尔。"

老妪又问："那英灵殿旁边的平原上，刚生长出一株槲寄生，它也发誓了吗？"

弗丽嘉笑道："槲寄生的幼苗那么纤细弱小，谁也伤害不到，自然不用发誓。"老妪暗笑了一下，就起身告辞，然后来到平原上一把揪下了槲寄生，把它变成一支尖锐的箭藏在身后。

洛基来到诸神和巴德尔做游戏的地方，凑到黑暗之神霍德尔身旁，问他为什么不参加游戏。霍德尔回答："因为我看不见，我也没有武器。"洛基听了，暗喜不已，于是，假装热心地给了霍德尔一把弓，把那株槲寄生变成的箭递给他，并向他说明了巴德尔的方向。霍德尔拉满弓，"嗖"的一声，箭镞正中巴德尔的眉心，巴德尔立即倒地不起，鲜红的血液从他的脸上流下来浸染了大地。

众神大惊失色，围着巴德尔大哭大喊。弗丽嘉和南娜闻讯赶来，看到如此情形也失声痛哭，两人悲痛欲绝，险些昏迷过去。奥丁听闻消息，也独自掩面哀叹许久。

悲痛欲绝的诸神，揪出了罪魁祸首洛基，将洛基五花大绑，为了防止他施计谋逃脱，就用他儿子纳尔弗的五脏六腑做成锁链，把他捆在一块巨大的岩石之上。岩石上有一条毒蛇，毒液从毒蛇的口中流出，滴到洛基的脸上。洛基就这样痛苦地受着惩罚，狼狈不堪。

诸神从此对洛基不管不顾，任其忍受痛苦，只有洛基的正妻西格恩同情他。西格恩坐在被绑缚住的洛基旁，用杯子来承接毒液，不让其落到丈夫的脸上。但是每当杯子的毒液满溢出来，她必须站起来去把毒液倒掉，这时蛇毒会毒蚀洛基的皮肤，疼痛难当的洛基不断挣扎，这时候世界就会跟着晃动，成为人间的地震。

诸神这边，也不得不开始送别巴德尔，他们将巴德尔放在他自己的船——灵舡之上，准备让海流带他前往冥界——赫尔海姆。巴德尔的妻子南娜看到这一幕，伏在巴德尔的尸身上心碎而亡。奥丁上前把自己的金指环——德罗普尼尔戴到巴德尔手上，然后趴在他的耳边说了几句话，点燃了火把。

随着巴德尔的离世，阿斯加德失去了光明和快乐，世界也变得昏暗起来……

第六节　诸神使者——赫尔莫德

赫尔莫德，是奥丁与不知名的女性所生的孩子，也是阿萨神族的重要一员，被称为诸神使者。

光明之神巴德尔死后，神后弗丽嘉久久不愿接受现实，她在阿斯加德召集诸神，询问有没有人敢只身前往冥界——赫尔海姆，和死亡女神谈判，用重金赎回巴德尔。赫尔莫德自告奋勇，愿意去往遥远的国度传达神后的旨意。奥丁将自己的骏马斯雷普尼尔交给赫尔莫德，助他一臂之力。

赫尔莫德日夜兼程，在幽暗深邃的山谷疾驰了九天九夜，直到第十天来到加拉尔河时，才见到了久违的光亮。看守桥梁的少女莫德古德问道："你是什么人？来自哪个国度？你脸上并不是死人的灰白色，为什么要去往冥界呢？"

赫尔莫德回答："我是奥丁之子赫尔莫德。要去冥界寻找我的兄弟巴德尔，你可否见他路过？"

莫德古德稍作回忆，答道："巴德尔确实和他的妻子一起经过此地，然后往北走去，进入了冥界。"

赫尔莫德道过谢后继续赶路，一直来到冥界大门口。赫尔莫德下马径直来到大殿前，一眼就看到了坐在最前面的巴德尔，昔日的光明之神脸上已经没有了血色，往日舒展的眉头也紧凑成一团。巴德尔看到赫尔莫德，只是有气无力地问了声："你怎么来这里了？"南娜则在一旁垂着头，没有一点反应。赫尔莫德看到此情此景，异常心痛，他同巴德尔静静地坐在一起，许久才止住哽咽。

第三天，赫尔莫德拜会了死亡女神海拉，请她准许巴德尔返回阿斯加德，因为阿萨神族和中庭的人类都为巴德尔的死亡而悲伤。

海拉说道："很少有人来到我这里还能走出去的，但是，真如你所说，巴德尔如此受人爱戴，我倒是也可以网开一面。但是你得给我拿出证据，要是

世间万物都愿意为了巴德尔流下泪水,那我就放他走。要是不能,他就要永远留在赫尔海姆。"

赫尔莫德听后,一刻也不敢耽误,带着巴德尔还给奥丁的金指环,南娜送给弗丽嘉的头巾、礼物和她给希芙的戒指,匆匆回到阿斯加德,向诸神一一汇报了冥界的情况。

奥丁和弗丽嘉十分高兴,觉得这个任务很容易完成,便派诸神及各位信使前往世界各地散布消息,请万物为巴德尔流下泪水。万物被灰暗和失望笼罩了一些日子,他们都非常怀念光明,纷纷为光明之神巴德尔流下泪水,就连花草树木也流下了眼泪。

但是在诸神和信使走到世界边缘的时候,发现一个洞穴里住着一位浑身漆黑的女巨人,她听完诸神的要求后,不屑地说道:"我整天在泥堆里住着,本来就见不到光明,巴德尔回不回来,和我有什么关系,就让巴德尔待在赫尔海姆和海拉好好相处吧!"说完,女巨人爬向了洞穴更深处。

因为这个女巨人没有为巴德尔落泪,所以诸神的努力都付诸东流。光明之神也不能如愿返回阿斯加德,世界仍然笼罩在灰暗之中。

第七节 自然之神——瓦利

瓦利是司掌自然的神,他精通剑术,也是一名技术高超的弓箭手。在瓦利还没有出生之前,他就被预言会完成一件重大的事情——为光明之神巴德尔复仇。

奥丁不想再失去一个儿子,也不想让他的子嗣自相残杀。但是他也深知,预言不可违背,光明和黑暗应该居于一处。奥丁下定决心之后,化身来到凡间,他风餐露宿,四处寻找,终于在一个叫鲁瑟尼斯的国度找到了林德,林德是国王比尔林的独女。

奥丁看到鲁瑟尼斯正与邻国交战,但是国王比尔林年事已高,不能亲自上阵,而几个年轻的将领没有作战经验,导致军心涣散,鲁瑟尼斯国的将士在战场上节节溃败。奥丁心生一计,他在城中到处散播自己久经沙场,战无不胜的传闻。国王听闻之后,召见了奥丁。奥丁分析了当前的作战形势,国王听到之后赞叹不已,就委任奥丁为最高将领。奥丁重新排兵布阵,只用了一场战争就把敌国打得落花流水,仓皇而逃。国王比尔林十分高兴,询问奥丁需要什么奖赏。奥丁说自己不要奖赏,来到此地是因为仰慕林德,希望国王可以将林德许配给他。比尔林当然很希望奥丁能留下来继续为自己作战,所以爽快地答应了,让仆人带着奥丁和林德见面。

奥丁一见到林德,就对她大加赞叹,然后告诉林德自己对她倾慕已久,并且国王已经答应了两人的婚事。林德知道此人帮助父亲打了胜仗,拯救了自己的国家,所以不好回绝,但是对奥丁本人变成的武士并不满意。在奥丁凑上前来,准备亲吻林德的手时,林德抽出手,悄声说道:"大庭广众之下很多话不方便说,要是想见我,就等到黄昏的时候再来。"奥丁心中大喜,但是等到约定的时间,奥丁来到林德的卧房外面时,等待他的却是戒备森严的士兵,奥丁上前对士兵解释说自己和公主有约,不料士兵粗暴地推开了他,说公主特地吩咐过,不见任何人。奥丁知道自己被骗了,十分生气。

奥丁不告而别，过了几天之后，再次化身为一个工匠来到鲁瑟尼斯。这位工匠在城中售卖各种精美的金银器具，物美价廉，做工精致。很快，消息就传到了国王的耳中，国王比尔林传召工匠，工匠表示，愿意将自己的所有金银饰品全都送给国王，只希望可以娶国王的女儿为妻。比尔林看着琳琅满目的金银器具，爽快地答应了。让侍从领着工匠去和林德见面。

工匠见了林德之后，马上拿出一枚赤金戒指戴到林德手上，林德看见戒指十分喜欢，可是对眼前的工匠却不满意。林德告诉工匠，等黄昏的时候再来找她。工匠问："黄昏的时候，公主的卧房外面戒备森严，到时候就怕是一只苍蝇也飞不进去了吧？"林德十分疑惑，不知道工匠怎么知道她的计谋。工匠拆穿林德之后，看她面露难色，乱了阵脚，就一步步上前，诉说自己对林德的喜欢，并且承诺会为她制作更精美的金银首饰。随着工匠步步紧逼，林德一步步地向后退，来到了自己的卧房门口。林德进退两难，于是推托说自己要进卧室收拾一下，让工匠稍后进来，工匠喜笑颜开，满口答应了。

过了一会，工匠敲了几下门，屋内却没有任何动静。他推门进去，看到林德在床上躺着，赶紧闭门走了过去。但是当他掀开被子时傻了眼，原来床上躺着的是一条大黄狗，而林德早就从窗户逃了出去。工匠顿时怒不可遏。他掩上林德的房门，藏在不远处的树丛里面。等林德返回卧室的时候，工匠一下子从草丛里跳出来，用手指把卢恩文字画到林德身上，林德瞬间变成了疯子。

国王看到唯一的宝贝女儿变成这般模样，十分心痛。于是四处寻找医生，但是没有一个人能医治好林德。有一天，城中忽然来了一名叫瓦克的老妇人，她在城中行医，治好了很多疑难杂症。国王赶快派人把瓦克请到皇宫中，瓦克对国王说，要想治病，得先把公主的手脚全都绑起来，然后准备一间密室，她很快就能让公主痊愈。国王立即吩咐侍从照办。原来，这个叫瓦克的妇人也是奥丁变成的。奥丁解除了让林德发疯的咒语，然后用新的咒语迷惑林德，和她发生了关系。

后来，林德十月怀胎诞下了瓦利。瓦利出生之后，从遥远的地方吹来一股暖风，瓦利迎着这阵风，一个昼夜就长大成人。瓦利知道自己出生的使命，他拿起一柄利剑，发誓要为哥哥巴德尔报仇。报仇之前，他不洗手也不梳头。直到结束了黑暗之神霍德尔的生命，然后把他送到葬礼的烈火之上，瓦利才松了一口气。霍德尔因此也去往冥界，和光明之神巴德尔重逢。

瓦利完成复仇后，对战争和打斗变得毫无兴趣，奥丁就将其接回阿斯加德，让他司掌自然，位列主神。

第八节　诗歌与音乐之神——布拉吉

布拉吉是奥丁与女巨人贡露的孩子，司掌诗歌和音乐。布拉吉生性温和，富于智慧，口才卓越，可以随时随口讲出优美的句子。他用诗歌的形式记录九大世界发生的各种事情，世界的历史才得以口耳相传，世世代代流传下去。他还会演奏动人的音乐，让人们沉醉其中，忘记苦难。

布拉吉的诗歌才能得益于他的父亲奥丁。很久以前，九大世界的诗歌和音乐才能都被封存在几坛麦酒里面，这些麦酒被带到巨人国，奥丁费尽千辛万苦将麦酒偷了回来，在返回阿斯加德的途中，他不小心将一些撒到了人间。回到阿斯加德之后，他把最好的酒让怀孕的女巨人贡露喝下，然后把剩下的酒留给阿萨诸神。

因为在胎中就得到了诗仙麦酒的滋养，所以布拉吉一出生就才华横溢，可以吟诵诗歌，弹奏音乐。布拉吉让九大世界的生灵都感受到音乐的魅力，他还把宇宙发生的事情全都记录下来，人们茶余饭后都会吟诵布拉吉写的诗歌，单调的生活得以丰富起来。因此，诸神、人类和矮人都十分喜爱布拉吉。诸神每次聚会、游玩的时候，都会邀请布拉吉，请他用音乐为活动增添色彩。中庭的人类为布拉吉修建殿堂，并且每年会为布拉吉献上丰富的供品。在每年大祭的时候，中庭的人们会举行很多仪式，主祭司会用船型杯子喝麦酒，然后用诗歌的形式叙述自己新的一年准备投身于哪些事情，接着，在场的人按照地位尊卑一一叙述自己新一年的打算，以祈求布拉吉的保佑。工艺精湛的矮人们则用黄金为布拉吉打造了一张精美的竖琴。

布拉吉盛情难却，亲自去往矮人国取琴并对各位工匠表示感谢。在布拉吉取琴回来的路上，他经过一片树林。正值仲夏，这片树林却毫无生机，地上的小草全都枯黄，树上的叶子也纷纷往下落。布拉吉见此情景，在树林中间找到了一块石头，他坐在石头上开始演奏竖琴。悠扬的音乐就像流水一样从他的琴弦上倾泻而下，音乐所到之处，各种植物也全都焕发出勃勃生机，

树木抽出嫩枝，长出绿叶，枯萎的草地瞬时变得绿油油，还开出了五颜六色的小花。

琴声一直传到矮人住的山洞里面，引来了许多矮人探头观看，大家先是惊异于布拉吉精美的脸庞和优雅的气质，然后都陶醉在优美的音乐中。就在矮人们闭上眼睛认真聆听，如痴如醉的时候，音乐戛然而止，大家睁开眼，只看见布拉吉直勾勾地看向伊凡尔第家的山洞，原来伊凡尔第的女儿伊登也站在洞口探头观看。伊登虽然是矮人，但是温柔善良，长相甜美。布拉吉和伊登一见钟情，布拉吉当天就向奥丁禀明情况，然后翌日就和伊登结为夫妻，两人从此一起生活在阿斯加德。伊登也被奥丁封为青春女神。

第九节　青春之神——伊登

伊登生得十分美丽，有着白皙的皮肤和一头金色的长发。她在树林中和诗歌与音乐之神布拉吉一见钟情，两人共结连理之后，伊登得以入住阿斯加德，成为青春之神。她负责打理阿斯加德的万年花园，并且掌管着可以让人永葆容颜的金苹果。

阿萨诸神经常要食用金苹果，以保持自己年轻的面容和健壮的身体。巨人族对这些苹果也觊觎已久，但是他们不敢硬闯阿斯加德强取。

有一天，奥丁、洛基和威利在山峦和荒野之间徒步旅行，他们走了好久都没有找到食物，洛基就去偷了一头牛。三位神祇找了一片树荫，在下面烧水，准备煮牛肉吃。他们架了许多干柴燃起熊熊烈火，但是过了好长时间水就是不开。正在他们疑惑的时候，从他们头顶传来了一个声音："除非你们分我一份牛肉，不然这个水是烧不开的。"三人抬头一看，原来是树上的一只老鹰在说话，这只老鹰是巨人蒂阿兹变成的，刚好出来觅食。奥丁三人已经饥肠辘辘，只想赶快有东西果腹，于是就答应了老鹰。果然，水瞬间沸腾了起来，还没等他们把牛肉放进锅里，老鹰就飞下来把最大的一块牛肉叼走了。

洛基看到之后十分愤怒，抓起一根长竿就去打老鹰。老鹰被打到也生起气来，用另一个爪子把杆子抓起来，拖着洛基瞬间飞到高空中，威胁要把洛基从高处扔下去，洛基赶忙求饶，说可以答应老鹰的任何条件，只要可以放他一条生路。老鹰说道："那你就在三日之后，带着布拉吉的妻子伊登和金苹果来森林里见我，不然我现在就把你扔下去。"洛基为了活命，只好答应了老鹰的条件。

到了约定的那一天，洛基一大早趁诸神还没出来活动的时候，跑到伊登家里，一脸吃惊地告诉伊登："我在森林里面发现了一些金苹果，和你的一模一样，你知不知道是怎么一回事？"伊登连连说不可能。洛基就让她带着金苹果去比较一下。

伊登轻信了洛基的话，带着金苹果走出阿斯加德，来到了森林。就在这时，巨人蒂阿兹又变成老鹰，把伊登抓走，他不顾伊登的大喊和求饶，把她带回了约顿海姆，禁闭在自己家中。

过了一段时间，诸神要吃金苹果，却发现伊登和金苹果都不见了。他们看着自己花白的鬓发和苍老的容颜，感受到自己无力的躯体，十分慌张。大家到处寻找伊登。这时有人说，自己看到洛基把伊登带出了阿斯加德。诸神把洛基捆起来严加拷问，洛基只好承认自己帮助巨人蒂阿兹把伊登带到了约顿海姆。诸神瞬时火冒三丈，勒令洛基弥补自己的过错。洛基没有办法，只好借来女神弗蕾亚的隼羽披风变成了一只隼，飞到约顿海姆，悄悄地潜入蒂阿兹的家中。洛基等蒂阿兹出门之后，把伊登变成了一枚坚果，衔在嘴里，然后飞离了巨人的家。等蒂阿兹回来，发现伊登不见了踪影，赶忙穿上鹰羽衣变成老鹰，向阿斯加德的方向飞去，在快到阿斯加德的地方逼近了洛基。

阿萨诸神见此情景，迅速在围墙处堆起了很多干柴，大喊着让洛基赶快进城。洛基收起翅膀，像一支箭一样俯冲进了城堡，老鹰穷追不舍，紧随其后。就在老鹰进入柴堆的一瞬间，诸神放了一把火，老鹰瞬间被熊熊烈火围了起来，它的羽毛和身体也很快燃烧起来，空气里充满了刺鼻的味道和剧烈的惨叫声。

就这样，巨人蒂阿兹因为想永葆青春而命丧黄泉。而青春女神伊登在经历了重重困难之后，也终于重返阿斯加德。

第十节 守护与破晓之神——海姆达尔

海姆达尔是守护与破晓之神，居住在彩虹桥比弗罗斯特附近的希敏约格。海姆达尔经常坐在天空的尽头看守着彩虹桥，不让冰霜巨人登上彩虹桥，保障阿斯加德和诸神的安全。

海姆达尔是奥丁与九大女神之子，他的母亲是九个亲姐妹，也就是深海之神埃吉尔的九个女儿，她们一起用力生下了海姆达尔。海姆达尔有着洁白如雪的皮肤和一口金色的牙齿。他的视觉十分敏锐，无论白天黑夜，他都能看清楚千里之外发生的事情，而且还不需要休息。为了让听力也变得更加敏锐，他献祭了一只耳朵给智慧之泉，从此海姆达尔可以听到青草生长的声音，还可以在空气中捕捉到远处山坡上羊毛生长的声音。强大的感官让海姆达尔获取到丰富的信息，可以提前知晓危险的降临。

为了更好地应对危险，大家为海姆达尔制作了一个号角——加拉尔，号角周身闪耀着金色的光芒，任何污物也不会掉落到上面。当海姆达尔吹响号角时，其响亮雄浑的声音会响彻世界，给几大世界的生灵发出警告，这个号角也是海姆达尔最得力的武器。除此之外，海姆达尔还拥有一匹鬃毛金色的骏马——吉尔托普和一把附带人脸的宝剑。

在阿斯加德平安无虞的时候，海姆达尔会抽出一点时间去人间游历。

有一次，海姆达尔遇到了一座小茅屋，两扇柴门全都敞开着。往里看去，虽然简陋，但是干净整洁。海姆达尔没有打一声招呼就走了进去。房屋正中间有一个火塘，旁边坐着一对老夫妻——艾耶和埃达，两人的脸颊此刻被火光映得通红。海姆达尔介绍自己叫里格，没等两位老人邀请，便一屁股坐在了长凳中间，老两口没有办法，只好陪坐在他两边。

里格询问两位老人平时的生活，对他们嘘寒问暖，为他们难以解决的问题出谋划策。过了一会，埃达奶奶从厨房端来了主食——几块黝黑、又干又硬的面包和一碗浮着一片牛肉的汤招待里格。里格并没有和两位老人推让，

吃饱了之后就躺到家里唯一的大木床中间，老两口没有办法，只好一左一右睡在他旁边。里格在这家住了三天之后，就告别二老又沿着小路出发了。

后来，埃达奶奶生了个儿子，皮肤黝黑又粗糙，名叫特拉尔。特拉尔长大后，皮肤也像黑色的麻布一样，身体的每个关节都是弯曲的，背部向上拱起来，像背了一口大锅。他的手指骨节粗大有力，脚异常大，脚后跟也很长，都没有适合他穿的鞋子。

特拉尔非常勤快，各种农活做得得心应手。后来，特拉尔和一位叫作特莱林娜的姑娘结为夫妻。虽然生活很清贫，但是两人非常恩爱，生下了很多孩子，不过，他们的孩子和后代全是奴隶，这就是奴隶阶级的由来。

里格走了一会儿，又看到一座瓦房，门没有上闩，他轻叩了下门，就径直来到房内。房子的主人也是一对老夫妻，衣着整洁，男主人正在用刀子削一根圆木，他的妻子在专心地纺纱。里格和两位老人打招呼，他们才抬起头发现家里来了客人。里格介绍完自己，就坐在火塘旁边，和两位老人聊天，得知两位老人名为阿瓦和阿玛，一直生活在此。

不一会儿，阿玛奶奶做了一大锅的小牛肉，里格美美地吃了一顿，然后倒头就睡。二老没有办法，就睡到他旁边，他照旧在这家住了三天，然后告别两位老人继续上路。

后来，阿玛奶奶也生了一个孩子，名叫卡尔。卡尔出生时长着火红色的头发，蓝眼睛。卡尔后来成为一个心灵手巧的男子，会做各种各样的农活。卡尔还亲自制作了一辆精美的马车，驾着马车去迎娶他的新娘斯纳尔。婚后，小两口生活得十分安逸幸福，他们也生了很多孩子，他们的后裔全是农民，这就是农民阶级的由来。

里格走到小路的尽头时，看到一座高大的建筑，两扇大门半开着，里格信步走进了厅堂，一对夫妻正面对面坐在上面，见里格进来，他们对视了一下，但是并没有停下来。男主人依然端坐着缠绕弓弦，他的面前放着一把榆木弓和几支利箭。女主人则低头拉平自己的蓝色亚麻布裙袍，然后理了一下光亮别致的秀发，胸前戴着的宝石也跟着她的动作晃来晃去。里格打完招呼后坐到他们中间，得知他们老两口名叫法德尔和玛德尔。虽然里格不请自来，但是玛德尔还是热情地布置好了餐椅，端出来精美的餐具，用香喷喷的烤面包、鲜嫩的肥猪肉和美味的烤家禽招待里格。里格和两位主人大口吃肉，把酒言欢。直到日落时分，里格已酩酊大醉，就晃晃悠悠地躺到了床上，又在这家住了三天。

后来，玛德尔奶奶也生下了一个儿子，名叫雅尔。雅尔长着柔软的金发，双颊雪白娇嫩，双眼炯炯有神。雅尔在玛德尔奶奶的悉心照料下健康成长，长大之后，武术了得，酷爱战争和打猎。

有一天，雅尔在外打猎时，遇到了海姆达尔。海姆达尔将雅尔的身世告诉了他，并教会他卢恩文字。雅尔获得了力量，然后开拓了十八片疆土，拥有无数财富，成了首领。后来，雅尔和埃尔娜结为夫妻，两人生了十二个孩子，这些孩子长大以后，个个武艺高强，善于骑马、射箭、挥舞长矛、用盾牌防身。其中，还有人学会了使用卢恩文字，并且参透了其中的智慧，掌握了其中蕴含的巨大力量。这就是贵族阶级的由来。

就这样，海姆达尔在人间建立起不同的阶级，所有的人也都视他为祖先和守护神。海姆达尔随后结束了在人间的游历，回到了阿斯加德。

第十一节　阿萨神族女神

众神之后——弗丽嘉

阿萨神族的诸多女神也分别司掌不同的事物。

弗丽嘉是奥丁的正妻，也是众神之后，她负责掌管婚姻与家庭。弗丽嘉身材颀长，长相秀美，一头柔顺的金发就像瀑布垂在腰间。她经常身着一身雪白的长袍，佩戴着各种珍贵的首饰，使她气质非凡，优雅华贵。

弗丽嘉的正殿是芬撒里尔，宫殿中有一个宝石装饰的织轮，夜间会发出明亮的光芒，人间将其称为猎户星座。弗丽嘉闲暇时，会用这个织轮织出金色或白色的云网，然后将其挂在天空。

因为是奥丁的正妻，弗丽嘉也被允许坐在至高王座克利塔斯克夫之上，她借此俯瞰九大世界，尽知宇宙万事万物，但她守口如瓶，从不泄露天机。

比起宇宙万物，弗丽嘉更关注人间的婚姻和家庭。人间恩爱的夫妻去世之后，弗丽嘉会把他们邀请到芬撒里尔，让他们永不分离。此外，弗丽嘉还派遣手下的十二名侍女去人间处理各种感情事务和维持家庭秩序。

弗丽嘉最喜爱的侍女是丰饶女神——芙拉。芙拉长着一头浓密的金发，就像成熟的谷穗。芙拉擅长装扮，所以她的职责是打理弗丽嘉的各种首饰，每天清晨为弗丽嘉梳妆打扮，同时辅佐弗丽嘉处理来自人间的祈祷。

弗丽嘉的第二位侍女是守护女神——赫琳，她经常被派到人间听取受苦难者的祈祷，然后在弗丽嘉的授意下去安慰和帮助祈祷者。

弗丽嘉的第三位侍女是风之女神——盖娜，她是弗丽嘉的使者。盖娜每日骑着骏马走过人间的角角落落，把路上的见闻汇报给弗丽嘉。

弗丽嘉还有三个随车的侍女。分别是爱情女神洛芬和修芬，真理女神琳恩。洛芬温柔庄重，负责除去一切横亘在相爱者中间的障碍，让有情人终成眷属。修芬的职务是让冰冷冥顽的人接受爱情，维持人间的和睦，并且使反目的夫妇再度和好。琳恩则守护着弗丽嘉的宫门，筛选可以进入宫殿之人。

弗丽嘉还有一些其他侍女，处子之神芙琼专司接引未及嫁娶而死的男女们到宫中享受快乐。医药女神埃尔负责搜集人间的草药并且把医术传授给女子。誓言女神法拉专司聆听情人和夫妻间的誓言，她会降罪于背信弃义者，赐福给信守诺言者。真实女神瓦尔负责察看全世界的一切行为，奖励真诚者而处罚虚伪之人。智慧女神斯诺特拉负责司掌德行，是一切智识的主宰。

因为弗丽嘉和她的侍女为人间带来许多幸福，所以人类都对她敬爱有加。但是这位女神也有缺点，就是贪恋金银珠宝，并且差点酿成大祸，事情的始末是这样的：

奥丁用纯金为自己塑了一尊雕像放在殿堂之内，弗丽嘉看到那么多耀眼的黄金，心里非常喜欢。终于有一天，她忍不住偷了一块金子，临走时猛然想起奥丁会使用卢恩咒文，把卢恩文字刻在人像上面，人像就会开口说话，告诉奥丁真相，弗丽嘉便把金像打碎悄悄离开了。

奥丁见自己的雕像碎了一地，气哄哄地质问诸神，但是没有人愿意承认，于是奥丁负气离开了阿斯加德，去其他世界自我放逐。在奥丁离开的这段时间，威利和维假扮成奥丁蒙骗众神，轮流坐上奥丁的至高王座嬉闹，在英灵殿和英灵战士饮酒作乐，出入弗丽嘉的宫殿，在阿斯加德为所欲为。但是他们并没有奥丁的神力，冰霜巨人趁机用寒冰冻结了中庭大地，奥丁离开的七个月，雨雪风霜一起侵袭着人间，使人间寸草不生，人们饥寒交迫。

幸好七个月以后，奥丁气消了，又回到阿斯加德，他两个篡位的兄弟听闻消息灰溜溜地逃走了，冰霜巨人也被奥丁赶回巨人国，人间的气温回升，冰雪融化，又恢复了勃勃生机。

瓦尔基里——女武神

和弗丽嘉一样，奥丁也有很多侍女，但是奥丁的侍女——瓦尔基里，即女武神，主要帮助奥丁在人间发起战争，干预战争的输赢，并且挑选英灵战士。大多数女武神是阿斯加德诸神的女儿，也有一些中庭的国王之女和服从奥丁的贞洁勇敢的女子被选中成为女武神。

瓦尔基里都是美丽健壮的女子，她们身着铠甲，肩披战袍，手持银色盾牌与长矛，骑着高大雪白的骏马在战场上疾驰，当英勇杀敌的将士战死后，瓦尔基里就会给他们"死亡之吻"，然后把他们的英灵带回阿斯加德。奥丁为了招徕优秀的将士，经常吩咐女武神将胜利赐予敌方，所以，一些英灵战士对奥丁也颇有微词。

中庭没有战争的时候，瓦尔基里就会脱下战袍，换上雪白的华服穿梭在英灵殿中，为诸位英灵战士准备晚宴，把蜜酒斟满每位英灵战士的酒杯。

第三章　巨人国——约顿海姆

　　初始之战中，巨人被神族打败后，残余的巨人则逃往遥远的北方的寒冷之地，建立了巨人国度，在那里繁衍生息，世代与诸神为敌，这就是巨人国——约顿海姆的由来。

　　巨人经常企图通过彩虹桥与诸神斗争，但是彩虹桥上面燃烧着熊熊烈火，有守护神海姆达尔把守。而且阿斯加德居高临下，易守难攻，加上阿萨神族有很多骁勇善战的神，所以，巨人们就经常转战诸神创造的中庭——米德加德，在那里为非作歹。冰霜巨人所到之处，冰雪交加，严寒肆虐，寸草不生，居于中庭的人类饥寒交迫，叫苦不迭。这时，阿萨神族就会赶走冰霜巨人，保卫米德加德，冰霜巨人被打倒的时候，中庭就开始变得温暖，天空中也会洒下雨滴，滋润万物生长。冰霜巨人每隔一段时间就会出来捣乱，阿萨神族发现之后也都会出动消灭他们，所以中庭就有了冬夏交替。

　　在漫长的繁衍和发展中，约顿海姆的巨人也形成了许多不同的部落，划分了各自的领土。族群中后来也诞生一些善良温和的巨人，这些巨人大多数和神族关系相处融洽，甚至有联姻。

第一节　巨人苏东和诗仙麦酒

诗歌，并非只存在于阿斯加德，也不是因为诗神布拉吉才存在于世间。诗歌，其实起源于战争、流血和偷窃，并且和矮人、巨人有很大的渊源。

在很久以前，阿萨神族和华纳神族之间爆发了一场战争，双方伤亡惨重，但是仍没有分出胜负。为了及时止损，两方决定召开会议，许诺以后和平相处，再也不挑起战事，并向一个大罐子里面吐口水，以表决心。

没想到，在会议结束后，因为诸神的语言、心愿和气息交汇，罐子里面竟长出来一个叫克瓦希尔的人。诸多神祇的智慧汇聚一身，克瓦希尔成了一个非常睿智的人，能够回答人们问他的所有问题，并且出口成章。克瓦希尔在几大世界游历，向人们传授智慧，为各界的生灵答疑解惑。

大家都非常尊敬和崇拜克瓦希尔，但是也有一些人暗生嫉妒，想将克瓦希尔的才华占为己有。当克瓦希尔在矮人国停留时，两位矮人法亚拉和戈拉借口向他请教，把他骗入家中，一起动手杀掉了克瓦希尔，并且把克瓦希尔的血液放入了两个装麦子的罐子和一个壶里面，两个罐子分别叫索恩和博登，壶叫奥爵尔。

法亚拉和戈拉趁没人注意，匆匆掩埋了克瓦希尔的尸体。等他们回到家，想要通过饮用克瓦希尔的血液获取智慧和才华时，却发现克瓦希尔血液变成了香醇可口的麦酒，法亚拉和戈拉喝了一点之后，才华和智慧很快注入他们的身体。

然而，智慧和才华并没有让法亚拉和戈拉停止恶行，由于以前和巨人吉尔林有过节，所以他们又设计杀死了吉尔林夫妻，但因为时间仓促没有处理好作案现场，被前来寻找父母的巨人苏东发现了。

苏东把两个矮人扔到船上，船划到离岸很远的地方，要把他们扔到涨潮时会被淹没的岩石上。矮人法亚拉和戈拉吓得脸色铁青，将麦酒的事情告诉苏东，并愿意把麦酒全都给苏东，祈求饶恕。

苏东思考了一下，答应了。把矮人的麦酒带回家，藏在了一个叫作希尼约格的地方，让女儿贡露看守着。

奥丁听闻此事后，想把麦酒带到阿斯加德和中庭，但他知道巨人苏东生性吝啬且脾气暴躁，不好沟通，也不可能轻易分享麦酒。于是，奥丁来到了苏东的弟弟巴乌吉的庄园，只见庄园里面有九个奴隶在割草。

奥丁告诉奴隶们，说他们的镰刀都太钝了，这样割草很费劲，然后拿出了身上的磨刀石，帮他们把镰刀磨得锋利又明亮，这样割起草来非常省力。随后，奥丁假装要离开，九个奴隶拦住奥丁想要买下这块磨刀石，奥丁却说："我只有一块磨刀石，但是你们有九个人，我把它扔起来，谁抢到了我就把磨刀石送给谁。"说完，就用力把石头抛到空中。

九个奴隶瞬时蜂拥而上，乱作一团，结果所有的人都被其他人锋利的镰刀划伤，失血而死。奥丁捡起磨刀石，悄然离开了。到了晚上，奥丁敲响了巴乌吉的家门，自称博尔维克，路过此地，想要借宿一宿。巴乌吉痛快地答应了，吃晚饭的时候，他向博尔维克抱怨他的九个奴隶相互残杀，害得庄园里没有人干活了。博尔维克说自己正好近来无事想找个工作，他一个人可以干九个奴隶的活。巴乌吉听到后十分惊喜，询问他想要什么报酬。博尔维克说："等干完活之后，让你哥哥苏东给我分一点麦酒就好。"

巴乌吉点了点头，答应愿意尝试。

博尔维克就安心待在了巴乌吉的庄园里，整个夏天都在辛苦地为他打理庄园。当冬天来临，博尔维克要求巴乌吉兑现他的承诺。翌日，他们一起动身来到苏东家，巴乌吉向苏东说明来意，苏东一口回绝了他的弟弟。巴乌吉对博尔维克十分歉疚，表示可以给博尔维克其他的报酬，但博尔维克说自己只想要麦酒，希望他帮助自己用其他方法取得麦酒，巴乌吉只好同意。

巴乌吉带着博尔维克来到了珍藏诗仙麦酒的宝藏山——希尼约格。

博尔维克拿出一个螺旋钻，在藏宝山上的岩石上打孔。钻通之后，博尔维克变成蛇的样子，爬进了洞里，来到巨人苏东存储麦酒的地方，也就是他女儿贡露的房间。博尔维克化为原形，向贡露介绍自己，并且对她大献殷勤，恨不得把所有的柔情蜜意都献予对方。贡露很快沉醉在博尔维克的温柔乡里，

让他在自己的卧房里住了三天三夜。贡露答应博尔维克,允许他品尝三口麦酒,但是每次只能尝一小口,不能让她的父亲苏东发现。博尔维克满口答应了,但是当贡露把酒递过来的时候,博尔维克三口就喝光了所有的麦酒。一喝完酒他就化身为老鹰,从窗子展翅飞走了。

苏东见存储麦酒的地方忽然飞出一只老鹰,顿觉不妙,立即也变成一只鹰紧随其后。但是为时已晚,奥丁迅速地回到了阿斯加德,他把麦酒都吐回了缸里,分享给阿萨诸神,他把最浓郁的诗仙麦酒给了已经怀有布拉吉的女巨人贡露,所以布拉吉出生后就成了一名优秀的诗人,司掌诗歌。由于奥丁在飞翔的过程中,把一些麦酒遗落到了中庭,所以中庭的人类也学会了酿造麦酒,并且也诞生了一些游吟诗人。

阿萨诸神和人类都十分开心,从此所有的庆典都离不开麦酒,九大世界发生的所有重大和有趣的事情也都由游吟诗人讲述和传递。但是巨人苏东异常恼火,无比记恨奥丁和阿萨神族,发誓要让他们付出代价。

第二节 巨人赫朗格尼尔

自从奥丁得到八脚宝马斯雷普尼尔之后，便经常在九大世界御马疾驰。有一天，奥丁到巨人国观察巨人们的动向，正要离去时，碰见了一个叫作赫朗格尼尔的巨人。

赫朗格尼尔对着奥丁问道："头戴鹰盔，在天空海洋间随意穿梭的是何人？骑的马很不错呀！"

奥丁傲慢地说："仅仅是'不错'？你找遍九大世界，也找不出来这么好的马了。"

赫朗格尼尔大笑道："不用找遍九大世界，我这里就有一匹好马——古尔法克西，它能一步千里，我们不妨比试比试。"话音刚落，赫朗格尼尔就跳上马背，大声吆喝着让骏马飞奔起来。

奥丁也策马扬鞭，很快就超过了赫朗格尼尔，并不断拉开差距。赫朗格尼尔使出浑身解数追赶奥丁，不知不觉竟跟着奥丁过了彩虹桥，来到了阿斯加德。守护神海姆达尔看到巨人和奥丁一起前来，也就没有阻挡。

奥丁下马邀请巨人进宫殿喝酒，赫朗格尼尔没有推辞。喝了几碗酒之后就开始大放厥词，要把英灵殿连根拔起带回巨人国，放置到群山之间。还要把弗蕾亚和希芙带回家，把阿斯加德夷为平地。

就在巨人唾沫横飞、侃侃而谈的时候，索尔进入了大殿。索尔见状，顿时暴跳如雷，质问此巨人为何在这里饮酒撒泼。

赫朗格尼尔用血红的眼睛盯着索尔，说："奥丁请我来到此地，传说中的巨人克星索尔，你能奈我何？"

索尔恶狠狠地盯着对方："那你会后悔接受这次邀请的。"索尔一边说着，一边掏出武器。

赫朗格尼尔顿时吓出一身冷汗，酒也醒了，清了清嗓子说道："我今天出门没带武器，我的盾牌和燧石落在家里了。而且你在自己的地盘杀了手无寸

铁的巨人，算不上真英雄，就不怕传出去被人笑话？如果你敢来到我的领土决斗的话，那才算真英勇。"

索尔觉得赫朗格尼尔说得有道理，一口答应下来，随后放他离开了阿斯加德。

赫朗格尼尔和索尔的约定很快在巨人国传开，巨人们都十分期待此次对战。虽然还从未有冰霜巨人能在和索尔的对战中存活下来，但是赫朗格尼尔是巨人国实力最强的巨人之一，有着坚硬的石心脏和石头颅，大家都想看看两个强大的对手一决胜负。

巨人们为了防止索尔打败赫朗格尼尔之后大开杀戒，便用黏土制造了一个身高九尺，四肢粗壮的黏土巨人——摩卡卡尔夫，造好之后，大家把一个巨大的母马心脏放入黏土巨人体内。

到了约定的日期，赫朗格尼尔早早做好了准备，他把盾牌挡在身前等待索尔。黏土巨人就站在他的旁边。

索尔和他的随从提亚尔菲一起前往巨人国。提亚尔菲擅长快跑，他跑到约战的地点，伪装成巨人的样子，告诉赫朗格尼尔："索尔早就看到你拿着盾牌挡在身前，所以他钻到了土地里面，要从下面攻击你。"

赫朗格尼尔听完来不及思考，赶快把盾牌踩在脚底下，不料，晴空中忽然电闪雷鸣，紧接着，索尔从不远处全力冲出，挥舞着雷神之锤，猛地掷向赫朗格尼尔。赫朗格尼尔慌忙拿起燧石，扔向雷神之锤。两者刚好在空中撞击，电光石火之间，燧石被一分为二，一半掉下来深陷进土地里，成了燧石山；另一半击中了索尔的脑门，嵌进了他的头骨。燧石强烈的冲击让索尔退后几步，仰面朝天倒在地上。与此同时，雷神之锤也砸到了赫朗格尼尔的脑袋上，他的头盖骨全变成了碎石子。赫朗格尼尔跟跄着走了几步，便轰然倒地，他的脚刚好压在了索尔的脖子上，索尔虽然一击即中，消灭了巨人，但是自己也被压得无法动弹。

黏土巨人摩卡卡尔夫见赫朗格尼尔这么快就战败，体内的母马心脏也震颤起来，准备拔腿就跑，但是提亚尔菲比他跑得更快，趁黏土巨人转身的瞬间，给了他致命一击,结束了这场决战。

杀死黏土巨人之后,提亚尔菲赶忙跑来帮助被压住的索尔,但是巨人脚实在太沉,提亚尔菲使出了浑身力气,也没能把赫朗格尼尔的脚挪动半分。阿萨诸神听闻后,也赶来帮忙,同样没能成功地解救出索尔。

最后,索尔和女巨人雅恩莎撒所生的儿子曼尼听说父亲被困,急忙赶来。他深吸了一口气,猛地踢向巨人的尸体,把压着索尔的脚踢开去。索尔爬了起来,对儿子赞赏有加,并把原先属于赫朗格尼尔的战马古尔法克西送给儿子当礼物。

虽说此次索尔大获全胜,而且为自己的儿子赢得了一匹良驹,但是巨人扔的燧石一直嵌在了索尔的头上,再也没能取下来。

第三节　巨人盖尔罗德

有一天，盖尔罗德的窗户上落了一只奇怪的鹰，便吩咐仆人们抓住这只怪鸟。起初，这只鹰和仆人们玩得不亦乐乎，在房顶飞来飞去，让仆人们爬上爬下。过了一会，老鹰飞累了，准备从窗户离开时，一个手疾眼快的仆人迅速关上了窗子，老鹰一下撞晕了，被仆人们抓住，带到了盖尔罗德面前。

盖尔罗德仔细地打量一番，觉得这只鹰不简单，就让它现出原形，自报家门，但是这只鹰并没有照做。盖尔罗德十分生气，就把鹰锁在一只暗箱子里饿了三个月。饱受虐待的鹰最后还是现出了原形，原来是洛基。盖尔罗德喜出望外，说可以饶洛基一命，条件是洛基必须把索尔引诱到此地，并且不能让索尔携带他的雷神之锤。盖尔罗德早就听闻索尔神勇无比，到处猎杀巨人族，所以想为巨人族除掉他。洛基为了活命，只好答应。

洛基找到索尔，称自己在外闲逛时遇到了盖尔罗德，闲聊之时发现盖尔罗德和索尔的巨人族母亲是旧识。于是，洛基以盖尔罗德准备了上好的酒邀请索尔一起畅饮为由，让索尔前往巨人国。

索尔丝毫没有怀疑，也没有带武器就和洛基出发了。

在路过森林之神维达的母亲——女巨人格莉德的家里时，索尔顺便拜访了一下她。格莉德得知索尔此行的目的后，避开洛基，偷偷告诉索尔其中肯定有诈，盖尔罗德是一个恶毒且狡诈的巨人，于是把自己的力量腰带、铁手套以及不断之杖借给了索尔。

索尔和洛基告别格莉德，来到了巨人国最宽阔的江——维穆尔江边。

索尔束上了力量腰带，然后用不断之杖遏制住狂流，艰难地横渡维穆尔江。洛基没走出几步就撑不住了，只好抓住力量腰带，让索尔拖着他前行。就在两人走到江中央时，江水忽然上涨，掀起了巨大的浪花，差点把两人淹没。索尔向四处看去，发现江流的岔口处站着盖尔罗德的女儿格嘉普。格嘉普身形庞大，所以她进入江水的时候，水面就陡然猛升。索尔从江底部捡起一块

巨石，奋力地扔向格嘉普，格嘉普赶快跳到岸上躲开巨石，水面迅速下降了。索尔趁机快速前进，终于安全上了岸。

渡过江，索尔和洛基很快就来到了盖尔罗德的领地，被仆人带到了接待室。索尔见房间里只有一把椅子，就一屁股坐了上去。这时，椅子不断上升，离屋顶越来越近，索尔赶紧拿出不断之杖向上抵住最粗的一根橡柱，然后借力使劲坐下去，落地瞬间，他的凳子下面传来物体破碎的声音，还伴着两声惨叫。原来盖尔罗德让自己的女儿格嘉普和格蕾普躲在椅子下面，想把索尔举起之后，重重地扔下来，不料害得自己的骨头都压成了碎片。

盖尔罗德气急败坏，亲自出马让索尔进入宫殿比试。宫殿里面到处摆放着火炉，索尔一进入宫殿，盖尔罗德就用铁钳夹着一块炙热的铁块扔向索尔。索尔立即带上格莉德借给他的铁手套，接住了铁块然后用力掷了回去。铁块击穿了盖尔罗德身前的柱子，从盖尔罗德身体里面穿过，又将厚厚的墙壁打了个洞，落到了外面的地上。盖尔罗德的仆人们见状，四散逃走。

随后，索尔狠狠地收拾了一顿洛基，也离开了。

在回去的路上，索尔又拜会了格莉德，向她讲述了一路上的经历，并对她表示感谢。

第四节　乌特加德堡

索尔在打败了许多巨人族的首领后，信心大增，想要深入巨人国，会一会更厉害的巨人，于是，他带上随从提亚尔菲和洛基开始了东征之旅。

他们一行三人穿过彩虹桥，来到巨人国，跨过海洋，闯进了一片广阔无边的树林，一直从白天走到黄昏，也没能走出去。很快太阳落山了，黑暗和寒冷笼罩了树林，远处还不时传来动物的嚎叫声。

三个人便拿着火把分头寻找可以过夜的地方，结果意外找到了一座巨大的宫殿，宫殿的入口敞开着，没有大门。洛基大喊了一声，没人回应，他们就留在这里过夜了。

午夜时分，三人睡得正香，忽然地动山摇，紧接着外面传来了巨大的声音，索尔赶紧拿出了雷神之锤，提亚尔菲往四处打量了一下，发现大殿连着几个房间，他们三个进入了最中间的一个，索尔留在房间门口，拿着自己的雷神之锤为大家守夜。

破晓时分，三人刚伸着懒腰走出屋子，就看到不远处有个巨人在睡觉，且鼾声如雷。巨人听到旁边有动静，也睁开眼，刚好和索尔对视。索尔迟疑了一下，打了个招呼，询问对方的姓名。

巨人一眼认出了索尔，便说："我叫斯克里米尔！你们几个人什么意思？跑到我手套里干什么？"

三人一头雾水，看着巨人起身戴上手套才恍然大悟，原来他们昨晚留宿的大殿正是巨人的手套。三人顿时羞愧不已，哑口无言。

斯克里米尔笑着打破沉默："你们在树林里面走了很久吧，要不要和我一起结个伴。"

几个人互相对视了一下，点头同意了。随后，斯克里米尔拿出早餐，索尔三人也在一边吃着自己带的干粮。大家吃完之后，斯克里米尔提议把所有的食物放在一起，由他背着，三个人没有迟疑就照做了。

巨人背着食物，在前面领路，索尔三人紧随其后，就这样一直走到了晚上。斯克里米尔带着大家在一棵大橡树下过夜，他把装食物的包袱扔给索尔，自己就去呼呼大睡了。索尔接过包袱，但是使出浑身解数也打不开。索尔觉得巨人故意耍花招要饿着他们，便拿起雷神之锤，向斯克里米尔的头砸去。斯克里米尔醒来，迷迷糊糊地问道："是不是有树叶从我头上落下去了？你们吃完晚饭赶紧睡觉吧。"

索尔大吃一惊，没想到竟然有人可以被雷神之锤砸到却不伤分毫。他含糊地应付了几句，返回了自己睡觉的地方。

过了一会儿，斯克里米尔的鼾声响彻了整片树林。索尔悄悄地起身，借着月光瞄准了斯克里米尔的天灵盖，给了他重重一击，雷神之锤已经陷入巨人的脑袋。这时，耳边传来斯克里米尔的声音："是不是有橡果砸到我的头了？索尔，你怎么没睡觉？"

索尔被吓得倒退几步，答非所问地说道："还早着呢，你再睡会。"

接连的失败让索尔下决心要除掉这个巨人，等巨人再次入睡，索尔用尽全身力气挥起雷神之锤，朝着斯克里米尔的太阳穴狠狠砸下去，雷神之锤深深地陷进去，只留了手柄在外面。索尔心想，终于除掉了这个狡猾的巨人。

不料，斯克里米尔一下坐了起来，吓得索尔摔了个趔趄。斯克里米尔揉了揉太阳穴，问道："是不是树上落了几只小鸟，我感觉刚刚好像有鸟粪掉到我头上了。索尔，你起得真早。离乌特加德堡不远了，我们收拾一下继续赶路吧！"索尔百思不得其解，觉得这个巨人不简单，对于即将要去往的乌特加德堡也开始担心起来。

路上，斯克里米尔对索尔说："我的身材已经很高大了，但是你在乌特加德堡，你会看到体型更庞大的巨人。所以，你在那里千万别吹嘘自己，因为那里的领主乌特加德·洛奇喜欢争强好胜，要是惹恼了他，你们三个都不会有好果子吃。出了树林后，你们往东直走。我要去北边的山地了。"说完，斯克里米尔就带着他的包袱转身离开了，顺便带走了所有的食物。

索尔、洛基和提亚尔菲则饿着肚子继续往东行走，直到中午，才来到乌特加德堡。三人进入城堡走了两步，就听到大殿里面不时传来喧闹声。索尔带头走了进去，看到大殿两边坐着许多身形高大的巨人。一个戴王冠的人坐在中间的最高处。索尔知道此人肯定是领主，便清了清嗓子，向领主乌特加德·洛奇表示了问候。

乌特加德·洛奇轻蔑地笑了笑，说："你就是索尔吧，我倒是听说过一些你的事情，不过传言大都言过其实。你们长途跋涉至此，理应受到款待。但是，我的领地不接待无能之人，你们三个必须有一技之长，赢了在场的人，我才会把你们尊为客人，输了的话，就请你们自行离开吧。"

索尔正要发火斥责乌特加德·洛奇，洛基赶忙上前说："那就由我打个头阵！我要比试吃饭的速度！"洛基心想，被巨人拿走了干粮，一路饿着肚子来到这里，比吃饭速度还是很容易获胜的。

乌特加德·洛奇指派了一名叫洛奇的人参与比试。两个巨人抬进来一个盛满食物的食槽，洛基和洛奇各站在一边，国王一声令下，两人都迅速地狼吞虎咽起来，正好在最中间的地方碰头。洛基心想，打个平手也不赖，但是起身一看，对方竟连食槽和骨头都吞完了，于是自认略逊一筹。

乌特加德·洛奇笑了笑，问："接下来要比试什么呀？"

提亚尔菲站了出来："我要比赛跑步。"

乌特加德·洛奇回答说："正好，外面的平原上有一个很好的跑道。"

大家都来到城堡外面，乌特加德·洛奇让一名叫胡基的巨人和提亚尔菲赛跑。他们比试了三圈，胡基都遥遥领先，第三圈时，提亚尔菲才跑到一半，胡基已经跑完了全程，提亚尔菲震惊得哑口无言，还从来没有见过跑这么快的人。

乌特加德·洛奇转向索尔，问道："大名鼎鼎的索尔要展示什么技能呢？"

索尔说："我们走了好长时间的路，刚好口渴了，我就比试喝酒！"

大家又跟着乌特加德·洛奇进入殿堂，乌特加德·洛奇拿出他的牛角杯，告诉索尔："你若是三口喝完杯子里的酒，就算你赢。"

索尔见酒杯不大，觉得这个挑战有点太简单了，立马端起牛角杯准备一饮而尽。但是当他停下之后，发现酒杯里面的酒并没有少。索尔接着又是一大口，但是酒杯里还是那么多酒。周围的人都笑着议论起来。索尔非常生气，

深吸了一口气,开始喝第三口,他对着牛角杯喝了好长时间,肚子也一点一点地胀起来,在他停下来时,酒杯里面的酒只少了一点点。索尔百思不得其解,拿着酒杯看了半天,也没看出什么问题,只好认输。

乌特加德·洛奇见状,坏笑着说:"看来,索尔也不过如此嘛。但是我可以再给你一次机会,让你挑战几个简单的项目。"随后,乌特加德·洛奇指着地板上灰色的大猫说,"那你就试试能不能把那只猫提起来吧!"

不服气的索尔一只手托起猫的肚子,但是无论用多大力气,猫也只是抬起了一只脚,索尔却已经累得满头大汗了。

"你这只猫有问题,我还是和人比试吧,我要和你的人比摔跤。"索尔气呼呼地说道。

乌特加德·洛奇见状,对手下的人说道:"去把我奶妈爱丽叫来,和伟大的索尔比试摔跤。"

老妇人爱丽很快来到殿堂。

有了前面的教训,索尔再也不敢掉以轻心,一开始就发力做好准备。但是不管他用多大的力气,爱丽都稳如泰山。老妇人笑了笑,稍微一用力,索尔就后退了几步。他们这样僵持了一会,索尔就再也撑不住。

突然,乌特加德·洛奇叫停了比赛,说:"比赛的结果显而易见了,虽然你们输了所有的比赛,但已经算是所有挑战者里面比较优秀的,所以还是请你们入座,享受乌特加德城堡的美味佳肴吧!"

索尔、洛基和提亚尔菲坐下来,但是因为心情不好,胃口也不佳,匆匆吃了几口就去睡觉了。

次日一大早,三人收拾好行囊准备离开,乌特加德·洛奇亲自送他们到城堡外面。

索尔说:"在这里,我确实长了很多见识,这里很多巨人都身怀绝技,你现在可以嘲笑我。等我回去多加练习,再回到这里领教。"

乌特加德·洛奇说:"其实你并不弱小,我可以给你解释你这一路上遇到的所有奇怪的事情,但是你要保证,再也不进入我的国境。"

索尔爽快地答应了。

得到索尔的保证后，乌特加德·洛奇才将事情和盘托出："当我得知你的旅程时，我就化身为斯克里米尔与你们在树林相遇，把装着食物的包袱用非常细的金属丝绑着，所以你解不开。还有，你用雷神之锤给了斯克里米尔三次重击，那是我把大山搬过去并使用了障眼法，你会看到我城堡附近的山上被砸出了三个巨大的大坑。至于所有的比赛……洛奇是野火，可以迅速地焚烧完所有的食物和食槽；胡基则是我的思绪，想跑多快就跑多快；而牛角杯，它的底部连着海洋，当你走到海岸边你就会发现，海平面下降了很多；那只猫，其实是环绕着中庭的巨蟒耶梦加得。而我的奶妈爱丽是岁月的化身，没有人可以战胜岁月。好了，现在你已经知道真相了，请你离开吧。"

索尔听闻自己被障眼法捉弄，气不打一处来，拿出雷神之锤想要消灭乌特加德·洛奇，但是乌特加德·洛奇忽然消失了，紧接着，他看到乌特加德城堡也消失不见，只留下广袤无际的平原。

乌特加德之旅挫败了索尔的自信心，但是也让他见识到了一些真正厉害的巨人，返回阿斯加德后，他开始更为刻苦的训练，想要把所有邪恶的巨人赶尽杀绝。

第四章　华纳海姆

　　在阿萨神族入主阿斯加德后，因为这里环境优美，他们很快就有了邻居——迁徙而来的华纳神族。华纳神族也为自己建造了住所，起名为华纳海姆。

　　虽然同为神族，但是华纳诸神和好战、喜欢在人间发动战争，而且经常猎杀巨人的阿萨诸神不同，他们大都性格温和，喜爱大自然，和巨人族、精灵族也都相安无事，和平共处。华纳神族主要司掌海洋和风，以及天地万物的繁衍生息，他们为牧场、草原、农田带来阳光和雨水，也负责保护贸易和航海，所以居于中庭的人类都十分喜爱他们。

第一节　诸神之战

华纳神族为人类的生活做出了很大贡献，在中庭的影响也日益增大。因此，华纳神族认为人类应该像对阿萨神族一样，也给华纳神族修建殿堂并定期供奉。华纳神族派出使者古尔维格来到阿斯加德，让她就此事和阿萨诸神谈判。

阿萨神族觉得自己辛苦击败巨人，创造了宇宙和人类，维护九大世界的秩序，所以不想与华纳神族分享人类的顶礼膜拜。不过，他们又不好直接拒绝华纳神族的要求，因为华纳诸神确实为中庭带来生机，为人类创造财富。

阿萨诸神思来想去，决定以古尔维格使用巫术蛊惑男人，并向心底邪恶的女人传授巫术为借口拒绝和她谈判。在古尔维格想开口争辩时，阿萨诸神突然用长矛叉住她，架起干柴燃起了熊熊烈火，要让古尔维格和她的巫术从此消失。

刺鼻的焦味很快弥漫在空气中，古尔维格被烧得浑身焦黑。然而，古尔维格忽然站了起来，慢慢地从火堆中走出来，身体也逐渐恢复成原来的样子。原来，华纳神族精通各种咒语，有着强大的魔法，古尔维格则是其中的佼佼者，她的魔法可以让自己起死回生。古尔维格对大惊失色的诸神说道："好战愚蠢的阿萨诸神，你们罔顾事实，胡乱找些蹩脚的借口，你们犯下的罪行终将回到你们身上……"

没等她说完，阿萨神族又堆了更多的干柴，继续将她扔进火堆，炙热的火焰燃烧着古尔维格的身体，很快使她面目全非。但是，火苗一熄灭，古尔维格又从灰烬中起身复活。阿萨诸神被吓得脸色发白，说不出一句话，趁着古尔维格还没完全恢复，诸神赶忙又加柴点火。这次，古尔维格被烧得只剩下焦炭一样的骨骼。等火苗熄灭后，过了一会儿，灰烬里传来了骨关节嘎吱作响的声音，古尔维格竟然又开始复活了。阿萨诸神全都吓得回到了各自的殿堂，任古尔维格复活后离开了。

阿萨神族见识了华纳神族的咒语和魔法，都劝奥丁投降。但是，奥丁想

都没想就把自己的长矛抛出去，长矛从诸神头上呼啸而过，宣示世界上的第一场诸神之战就此开始了。

虽然是被迫应战，但华纳神族凭借族群壮大，且会运用各种魔法和咒语，一路势如破竹，重伤了诸多阿萨神族的将士。紧接着长驱直入，将阿斯加德的围墙推倒，来到阿斯加德宫殿外面。

眼看着敌人兵临城下，阿萨诸神慌张地来到奥丁的宝座前，提议把阿萨神族最美的女神献给华纳神族，以平息战争。索尔听到之后大发雷霆，断然不肯接受，破口大骂提议之人。

奥丁在至尊宝座上蹙眉看着交战情况，眼看华纳神族就要打入宫殿，只得赶快派人前去谈判。最后，两方达成共识：两个神族握手言和，共同接受人类的供奉，并且承诺以后再也不发起战争。

为了保证承诺，他们双方互换了人质，华纳神族把他们的首领尼奥尔德和他的子女——弗雷和弗蕾亚送到了阿萨神族。阿萨神族则把奥丁的兄弟威利和智慧巨人弥米尔送到了华纳神族。这次会谈的最后，双方为了表示言而有信，都向一个大罐子里吐了口水，后来罐子里面长出克瓦希尔。

会议结束后，尼奥尔德、弗雷、弗蕾亚来到了阿斯加德，被委以重任。威利和智慧巨人弥米尔则搬往华纳海姆。威利身材魁梧，仪表堂堂，华纳诸神见了之后都非常喜欢，甚至想推崇他为华纳神族的首领。但是，很快大家就发现威利空有其表，所有的决定都依赖智慧巨人弥米尔。弥米尔不在的时候，他就支支吾吾地说不出话。华纳神族对此非常不满，觉得自己被阿萨神族欺骗了，他们愤怒地砍下了智慧巨人弥米尔的脑袋，并将其送回阿斯加德。

奥丁自知理亏，并没有兴师问罪，只是赶紧用草药和魔法处理弥米尔的伤口，让弥米尔可以继续开口说话，奥丁有问题时仍旧可以向他请教。

第二节 夏与海之神——尼奥尔德

尼奥尔德是夏神与海神，司掌夏天、海洋渔业、狩猎和贸易，也是华纳神族的首领。尼奥尔德可以轻易掀起滔天巨浪，也能让海面变得风平浪静。所以，中庭的海盗和沿海而居的人都非常崇拜他，会在出海时向尼奥尔德祈祷；在海上遇到危难时，也会大声呼喊尼奥尔德的名字，请他帮忙摆脱困境。

华纳神族在尼奥尔德的带领下，族群兴旺，并且积累了很多财富。中庭的人类传言，华纳神族的物产和财富数之不尽，只要尼奥尔德愿意，他能赐给中庭每个国家丰富的物产。

自从和阿萨神族言和后，尼奥尔德来到了阿斯加德，诸神依照尼奥尔德在华纳神族的住所，用大自然生长的树木为他建造了殿堂——诺欧通，整座建筑古朴雄伟，完美地融入自然环境中。

尼奥尔德在华纳海姆时，和不知名的女性生下一对龙凤胎——弗雷和弗蕾亚。到了阿斯加德后，他又阴差阳错地有了一段短暂的婚姻。

这件事始于诸神屠杀巨人蒂阿兹。阿萨诸神点燃火堆将蒂阿兹变成的老鹰烧成灰烬后，原以为这件事就此结束了，但是没想到蒂阿兹还有一个女儿——斯卡蒂。斯卡蒂听说父亲的死讯后，戴上头盔，穿上铠甲，带上武器，独自深入阿斯加德，为父报仇。诸神知道，虽然蒂阿兹犯了错误，但是他们直接将其烧死也确实过于残忍，便希望和平解决这件事，提议让斯卡蒂在神族中挑选一个人做丈夫，以弥补她失去亲人的损失，条件是斯卡蒂只能通过看诸神的双脚做出选择。

斯卡蒂对光明之神巴德尔早有耳闻，在进入殿堂时，更是被巴德尔俊俏的面容和温柔的气质所吸引，所以她一口答应了。未婚的诸神站在帷幕后面，只露出双脚。斯卡蒂一眼望过去，看到一双光滑细腻的脚，断定这双脚肯定属于巴德尔，就宣布与这双脚的主人结为夫妻。没想到，这双脚竟然是尼奥尔德的，因为身为海神的尼奥尔德双脚整日都泡在海水里，所以也非常白净。

斯卡蒂心中无比懊恼，但是事已至此，她只能和尼奥尔德结为连理。

婚后，夫妻两人一起住在诺欧通。斯卡蒂从小就生活在巨人国，海鸟的叫声惊扰了她的美梦，海浪和森林里的鸟鸣声也时刻在她的耳边聒噪。森林和海边的环境让她很不适应，开始失眠，心情不佳。尼奥尔德为了照顾新婚妻子的情绪，就一起来到巨人国。

一回到群山中，斯卡蒂顿时活力满满，白天拿起弓箭出去狩猎，晚上进入甜蜜的梦乡。但是这次，轮到尼奥尔德饱受环境的折磨：山峦间总有冷风呼啸，夜间狼的嚎叫声听得他后背发凉，没几天，尼奥尔德就开始抱怨起来。

于是，两人决定在两地轮流居住，在约顿海姆住九个夜晚，然后在诺欧通待三晚，这样的情况持续了一段时间，两人仍旧不能适应彼此的家园，还厌倦了整天搬来搬去，便和平地结束了夫妻关系。

尼奥尔德仍旧留在诺欧通司掌海洋和夏天，斯卡蒂则回到了他父亲的住所。后来，中庭有传言说斯卡蒂在狩猎时遇到了冬之神——乌勒尔，两人因为兴趣相投结为夫妻。但是，阿斯加德没有神出面证实，也就不知传言真假与否。

第三节 丰饶之神——弗雷

弗雷拥有着英俊的面孔和强壮的体魄,在华纳海姆时,是一位负责战斗的神,到了阿斯加德后成为丰饶之神,司掌甘露、阳光和果实。弗雷给中庭的人类带来金色的阳光和温暖的雨水,帮助庄稼生长。

因为光明精灵擅长和花草树木沟通,于是弗雷也被推举为精灵国的国王。在他的带领下,光明精灵帮助植物开枝散叶,弗雷又指挥蜂蝶采蜜授粉,让植物结出果实,中庭的人类因此得以饱腹。

弗雷经常骑着古林博斯帝——一只金鬃毛的山猪在中庭巡视。古林博斯帝是矮人中的翘楚为弗雷打造的。金鬃山猪可以不知疲倦地日夜奔跑,也能腾云驾雾,脖子间的金鬃毛还可以在夜间发光照明。此外,矮人还为弗雷制作了一艘宝船。

弗雷有一件神奇的宝物——胜利之剑,这柄宝剑带有魔法,它和持剑人心意相通,可以独自上战场杀敌。弗雷把他在华纳海姆的宝马布洛杜克霍菲也一起带到了阿斯加德,作为日常的坐骑。

一日,弗雷闲来无事,偷偷地坐到奥丁的至尊宝座上,遥望九大世界发生的事情。但是从宝座下来之后,他行为开始变得怪异,整日闭门不出,茶饭不思,别人登门拜访时,他也是神情恍惚,答非所问。尼奥尔德知道后,就派弗雷的侍从——光辉使者史基尼尔前去询问。

史基尼尔来到弗雷的房间,对弗雷说:"我尊贵的君主,我留意到你最近总是闷闷不乐。有什么事情你一定要说出来,不要郁积在心里,影响你尊贵的身体,中庭和精灵族还需要你呢。"

弗雷听完之后抬起头,终于肯开口说话了:"那天我在奥丁的宝座上,遥望到一位娉婷美女,她端庄高雅,身上的光芒把群山和大海都照亮,我的心脏忽然剧烈地跳动起来,我的呼吸也变得急促,我恨不得顷刻间飞到她身边,但是路途遥远,我只能一直目送佳人回房,我的心也追随她而去。"

史基尼尔舒了口气,说:"这有何难?君主你尚未婚配,你现在就去提亲,将娉婷佳人娶回来便是。"

弗雷皱着眉头继续说:"这位女子名叫吉尔德,巨人吉米尔是她的父亲,她的哥哥死于神族的剑下,她的母亲安格尔伯达和洛基生下三只巨兽后,洛基对其母亲不管不顾。她对神族恨之入骨,断然不肯与我结为连理的。"

史基尼尔听完之后表示愿意深入约顿海姆,促成弗雷和吉尔德的好事。弗雷喜出望外,将自己的另一坐骑——骏马布洛杜克霍菲交给史基尼尔,让他可以穿越巨人国,然后把自己的胜利之剑也给史基尼尔防身用。

史基尼尔趁着天黑翻山越岭,一路驰骋来到了吉米尔的宫殿,悄悄走到吉尔德的闺房外面。闺房被高大的木栅栏围起来,门前还拴着几条凶猛的恶狗,恶狗一看到史基尼尔就开始狂吠不止,引得屋内一位侍女探头察看。

侍女向吉尔德报告了外面的情况:"门外站着一个男人,好像是精灵或是神族,他刚刚下马,还没来得及卸下马鞍,应该是长途跋涉而来。"

吉尔德听说是神族的人,悄悄对侍女说道:"你去把他叫进来,用蜜酒灌醉他,好好盘问,看他是不是杀死我兄弟的凶手。"

史基尼尔进入房间后,拒绝了蜜酒,向吉尔德解释道:"我来求见你是受人所托,我带来了十二个金苹果,还有奥丁之子巴德尔戴过的金戒指来向你提亲,想要迎娶你的人是丰饶之神弗雷,他还是掌管精灵世界的国王。"

吉尔德嗤笑道:"国王也好,神灵也罢,我都不稀罕,至于金苹果和金戒指,我连看都不想看。"

史基尼尔被吉尔德的态度惹恼,抽出宝剑上前一步,威胁对方:"你看见这柄寒光闪闪的利剑了吗?我稍用力挥过去,你的人头就要落地,答不答应你再想想清楚。"

吉尔德毫不畏惧地说道:"强硬的要挟对我也没用,你取我人头之后,自己也走不出巨人国,我父亲吉米尔会把你碎尸万段。"

史基尼尔看吉尔德软硬不吃,同时看出她清高自傲的天性,于是心生一计说:"高贵的姑娘,看到我这一根魔杖了吗?它可以勾魂摄魄,让你全听我摆布。我要让你去往无人的巉岩,在那里忍饥挨饿,和隼鹰、恶狼做伴,然后找一条蟒蛇整日在你周围游走。等到魔法解除,你回到家乡,早已面目全非:昔日雪白光滑的皮肤变成粗糙的树皮,丰腴的身体也只剩下皮包骨头,腿脚无力只能像野兽一样爬行,冰霜巨人见到你都掩面逃跑。你从此不敢外出,整日以泪洗面,生不如死。到时候你再想婚配,只能找长了三个脑袋的丑八怪巨人,否则就得一辈子守寡。"

史基尼尔顿了顿,看到吉尔德一脸震惊,继续说道:"任性的姑娘,弗雷乃是众人爱戴的好神灵,长相俊美,温柔体贴,愿意细心呵护你,特遣我带上重金聘礼前来,以显示对你的柔情蜜意,你何必再意气用事,一意孤行。"

吉尔德说道:"没想到弗雷的侍从这么狠毒,你先喝点蜜酒润喉,你给我点时间,让我好好考虑一下。"

史基尼尔说道:"我只是个信使,在天亮之前要赶回阿斯加德。在我离开之前,你要给我答复,好让弗雷亲自来求亲。"

吉尔德低下头思考了片刻,说道:"远处山谷中有一片叫作巴莱的丛林,那里树木繁茂,十分幽静。九天之后的夜晚,我将与弗雷在那里相见,自会应允嫁给他。"

史基尼尔得到满意的答复后,便策马疾驰,在破晓时分回到阿斯加德,一夜没有合眼的弗雷急切地迎上来,询问史基尼尔此行的结果。史基尼尔弯下腰喘口气,将好消息告诉了对方。

弗雷欣喜若狂,但是顷刻又焦躁难安,嘴里反复念叨:"我要怎么熬过这九个夜晚呢?"

吉尔德的父亲——巨人吉米尔听闻这件事后,深知为时已晚,只得提了个要求——让弗雷用那把可以自己杀戮敌人的胜利之剑做聘礼。弗雷为了早日迎娶自己朝思暮想的心上人,想都没想就答应了。在弗雷放弃胜利之剑之后,剑上面的魔法也消失了,这把剑从此不再为任何人作战。弗雷因为不再司掌战事,也一直没有再为自己寻找合适的武器。

第四节 美与爱之神——弗蕾亚

弗蕾亚是司掌美丽、生育与恋爱的女神，也是诸女神中最美艳妖娆的一位。

弗蕾亚经常浓妆华服，把自己打扮得花枝招展。她还负责领导女武神瓦尔基里，所以有时也会身着战甲，全副武装，带领女武神去战场接引英灵战士。

弗蕾亚到阿斯加德后，住在一个叫作塞斯伦姆涅尔的殿堂，弗蕾亚挑选一半英灵战士在此处居住，另一半则去往英灵殿。另外，死后的女性灵魂也会来到此处，听从弗蕾亚的派遣。在阿斯加德，除了奥丁的英灵殿，弗蕾亚的宫殿是最热闹的地方。这里装扮得温馨漂亮，天天座无虚席，觥筹交错。

弗蕾亚经常驾车在人间游历，倾听人们的诉求。她的战车由两只猫拉动，所以，她来去都是悄无声息的，这也让她能更好地听到人们的祈求。弗蕾亚会保佑难产的妈妈顺利诞子，也会促成爱情的发生，中庭的人们在恋爱时都会向弗蕾亚祈祷。

弗蕾亚有时也会披上隼羽披风，化为隼鸟在天空中飞翔。

弗蕾亚拥有诸多宝物，但最喜欢的是布里希嘉曼项链，这条项链由四个矮人用黄金和宝石打造而成。布里希嘉曼项链高贵华丽，美妙绝伦，还拥有神奇的魔法，让戴上它的女性更加美丽，散发出让人无法抵挡的魅力。弗蕾亚十分爱惜这条项链，睡觉时也要戴着它。洛基曾经偷走过这条项链，将其沉入海底。那时，弗蕾亚就像失了魂魄一般，痛哭流涕地找来海姆达尔，海姆达尔在帮她抢回项链的过程中，和洛基大战了一场，从此两人生出嫌隙。

弗蕾亚嫁给了旅游之神奥德，并且生下两个女儿——赫诺丝和格尔希密。

在弗蕾亚生完孩子后，奥德经常悄然离开阿斯加德四处旅游，长久不归。弗蕾亚经常在世界各地寻找，找不到丈夫时，弗蕾亚会在中庭无人的地方偷偷哭泣，她的泪水滴到土地里面，会变成金子，所以人们也会向弗蕾亚祈祷财富。后来，弗蕾亚无奈之下只能接受丈夫爱旅游的本性，自己继续司掌中庭的各种事务。

不过，因为弗蕾亚为寻找丈夫到处游走，这让她的美貌也闻名于九大世界。由于弗蕾亚的美貌，巨人和阿萨神族起了诸多冲突。

曾为阿斯加德修建围墙的巨人，提出条件要带走美与爱之神弗蕾亚，后来被索尔打死。被奥丁邀请到英灵殿饮酒的巨人赫朗格尼尔，威胁说要杀死其他神祇，然后把弗蕾亚和希芙带回约顿海姆，也惨死在雷神之锤下。还有一次震惊阿斯加德的重大事故，也是因弗蕾亚的美貌而起。

索尔在人间游历的时候，在战车上睡着了，等他一觉起来，发现他的雷神之锤不见了，索尔怒不可遏。赶忙驾车回到阿斯加德，他远远看到洛基在外面游荡，于是跑过去一把抓住洛基的肩膀说道："大事不好，我在中庭睡觉的时候，雷神之锤被人盗走了！"

洛基想了想说道："人类拿不起你的魔锤，肯定是冰霜巨人潜入中庭偷走了它。我可以去约顿海姆一探究竟。"

于是，索尔拉着洛基来到弗蕾亚的宫殿，借走她的隼羽披风。洛基穿上之后凌风而起，不一会就来到了巨人国，遇到了巨人特里姆。特里姆看到洛基，开口问道："什么风把你吹来了，最近阿斯加德一切可好？"

洛基听对方的语气，猜测他肯定知道些什么，遂说道："我们打开天窗说亮话，到底是谁偷走了雷神之锤？"

特里姆坏笑着说道："我路过中庭，随手捡起了一把铁锤，把它藏在地底下了，你们若是想要，就得拿弗蕾亚和我做交换，让美丽的女神做我的新娘。你赶快回去让弗蕾亚梳妆准备，不然我就把雷神之锤丢失的消息公之于众，到时候，冰霜巨人肯定要把阿斯加德夷为平地。"原来，特里姆对弗蕾亚爱慕已久，做梦都想要和女神共结连理，于是想到这个办法，逼迫弗蕾亚嫁给他。

洛基赶忙飞回阿斯加德，向索尔说明了整个经过。索尔冲到弗蕾亚面前，喊道："弗蕾亚，快点梳妆打扮，我送你出嫁到巨人国。"

弗蕾亚瞬时怒气冲冲，死活不从。

索尔无奈之下，召集众神商量对策。但是讨论了半天都没有个结果。这时，海姆达尔提议说："不妨让索尔假扮成弗蕾亚，穿上新娘装，戴上布里希嘉曼项链，披上头饰，嫁到巨人国。"

索尔暴跳如雷："我索尔可是堂堂男儿，扮成新娘，传出去不得让九大世界的生灵都笑掉大牙。"

洛基也在一旁好言相劝，并答应自己变成伴娘，和索尔一起去会一会特里姆。索尔这才勉强答应梳妆打扮，前往巨人国。

特里姆听说弗蕾亚答应了之后，喜笑颜开，让侍从站成笔直的两排，夹道欢迎送亲队伍。

黄昏时分，"新娘"来到了特里姆的殿堂，巨人们掌声雷动，欢声笑语，大声地祝贺特里姆赢得佳人。晚上的婚宴酒席十分丰富，扮成新娘的索尔看到美食便开始大快朵颐，独自吃掉了一头牛和八条鳟鱼，还把所有的甜食一扫而尽，然后喝了三桶蜜酒。

特里姆心生疑窦，自己从来没有见过哪个女人有这么大的胃口。扮成侍女的洛基赶忙解释道："弗蕾亚急着想嫁过来，一直忙于梳妆，都没来得及吃饭。"

特里姆这才放下疑虑，并掀开新娘的头纱，瞬间被吓得跟跄了几步，倒吸了一口凉气："弗蕾亚的眼睛怎么这么大，满眼血丝就好像要喷火。"

洛基又赶紧解释道："弗蕾亚由于心情激动睡不着觉，熬夜让眼睛充血了。"

这时，特里姆贪婪的姐姐走过来，向新娘说道："快把你的赤金戒指摘下来送给我当见面礼，讨了我的欢心，以后你日子才好过。"

特里姆看到新娘满脸不愿意，赶忙对侍从说："快把雷神之锤妙尔尼尔扛过来献给新娘。"

假扮成新娘的索尔拿到雷神之锤之后，跳到桌子上露出真面目，吓得巨人们四散而逃。索尔挥起锤子先向特里姆砸过去，然后把众宾客和侍从也打得落花流水，特里姆的姐姐也死于雷神之锤下。

从此以后，再也不敢有巨人觊觎弗蕾亚的美貌。

第五章　精灵国——亚尔夫海姆

光明精灵都长着浅色的头发,耳朵尖而小巧,眼睛深邃而明亮,皮肤细腻光滑,浑身闪耀着柔和的光芒。光明精灵不光长得十分优雅、美丽,他们还开朗热情,性情温和。

光明精灵一般拥有几百年的寿命,他们在照顾阿斯加德的花草树木之外,喜欢在闲暇时候聆听潺潺的流水,以及树林里的鸟鸣声。光明精灵在亚尔夫海姆繁衍生息,很快便拥有了庞大的族群。

弗雷来到阿斯加德成为丰饶之神后,也开始司掌精灵族的事务,成为亚尔夫海姆的国王,将一些精灵安置在中庭人迹罕至的山谷、丘陵和峡谷,开始在中庭形成不同的精灵国度,并且负责照顾附近的植物和小动物。因为在中庭要和一些敌对的势力交手,所以精灵族也开始学习使用弓箭、制作器具。

伏尔隆德是一位精灵国王的儿子，他的家族一直在中庭居住。他还有两个哥哥，分别叫斯拉格芬和埃吉尔，他们经常在闲暇时结伴出行，欣赏自然美景。

有一次，他们偶然来到了乌尔弗峡谷，这里植被繁茂，古藤环绕，树木秀美，还有一条清澈的小河在怪石间蜿蜒流过，引来许多小动物栖息。三兄弟看到如此秀丽的风景，久久不愿离去，便就地取材，在这里建造了一座房舍，从此定居于此，过着平静而悠然的生活。

一天，他们正准备前往河边打水，看到三个倩影在岸边晃动，走近一看，熹微的晨光中竟是三位绝世美女。她们身旁放着天鹅羽衣，正低头纺织亚麻。三兄弟按捺住激动的心情，上前自我介绍，客气地询问三位美女的身份。其中一位回答道："我们是居于阿斯加德的女武神。我的名字叫作乌尔隆恩，她们两姐妹是拉德古恩和赫尔伏尔。我们为主神奥丁奔波在战场，引领英灵战士到英灵殿。"

六个人闲聊了片刻之后，三兄弟就请三位女神来到了房舍。

大哥斯拉格芬和拉德古恩一见如故，两人亲密地并排而坐；二哥埃吉尔和乌尔隆恩也一见钟情；三弟伏尔隆德便和赫尔伏尔凑成了一对。

三对恩爱的情侣在一起度过了七个冬天，但是幸福的生活被奥丁委派的任务打破，三位女神要奉命奔赴战场，她们一听到消息就穿上天鹅羽衣头也不回地飞走了。

三兄弟在峡谷内等待许久，三位女神仍旧没有返回。斯拉格芬和埃吉尔便离开峡谷去寻找各自的爱人，只剩下伏尔隆德独自一人在房舍等待。

伏尔隆德在漫长的等待中并没有闲着，他在附近的地下找到金子和宝石，然后开始为自己的心上人打造精美的戒指，他将思念一点一点敲打进戒指里面，戒指因此变得更加美丽。

伏尔隆德除了睡觉、外出打猎和采集食物，剩下的时间都在做戒指。他做了许多璀璨夺目的戒指，戒指在晚上熠熠发光，就像落到峡谷的星星。

一天，伏尔隆德外出打猎和掘金，天空中忽然下起了大雨，他在树下等了好长时间，雨点小了的时候才往回赶路。等回到房舍时，已经筋疲力尽，又冷又饿。他在指尖生起火苗，点燃了柴草垛，又掏出一块棕熊肉架在火上烤。在等待熊肉晚餐的时候，伏尔隆德坐在熊皮上，清点自己做好的戒指，他已经打造了整整七百个戒指，戒指被整齐地挂在从房顶上垂下的椴木嫩茎上，但是今天他数来数去，就只剩下了六百九十九个。

伏尔隆德一拍脑袋，猜想肯定是赫尔伏尔回来了，她应该是看到房舍没人，就外出寻找，伏尔隆德想着想着就进入了甜蜜的梦乡。

等伏尔隆德一觉醒来，一群身披铠甲、手持盾牌的武士早已趁伏尔隆德熟睡之时，用镣铐捆住他的手脚。

伏尔隆德生气地问道："你们是什么人？竟然敢如此对待精灵君主！"

众武士并不回答，抓起他就走。路上，伏尔隆德从他们只言片语中知道事情的始末。原来，尼亚拉尔人的国王尼德乌德派人来偷袭他。尼德乌德看到峡谷中戒指发出的光亮，就派人查看，谁知竟然看到了大名鼎鼎的精灵君主伏尔隆德。国王就挑选了精兵强将，让他们将伏尔隆德抓回来。那些武士顺便带回一只戒指献给尼德乌德国王。

尼德乌德坐在殿堂上问伏尔隆德："你打造了许多赤金戒指，是用了我境内的黄金吧！你把我的黄金藏到了乌尔弗峡谷，你可知罪吗？"

伏尔隆德说道："每片土地之下都藏有黄金，你怎么知道我是从你们国家的地底下找的？"

尼德乌德不知如何接话，就转移话题说："只可惜，你做了那么多戒指，你两位嫂嫂拉德古恩和乌尔隆恩，还有你的爱妻赫尔伏尔，都已经惨遭不测，被人蛊惑杀害了。"

伏尔隆德一下子浑身瘫软，久久说不出话来。尼德乌德趁机取下伏尔隆德腰间的宝剑，挂在自己身上，然后把赤金戒指给他的女儿布德维尔德戴上。

尼德乌德恶毒的王后闻讯来到殿堂，她让人将一桶冷水浇在伏尔隆德的身上，伏尔隆德瞬时从恍惚中醒来，才发现自己的宝剑和戒指已经都戴在了别人身上。

王后悄悄地对尼德乌德说："从峡谷里抓来的这个人，眼神恶毒，刚刚他恢复意识的时候，看到宝剑和戒指，他变得面目狰狞、咬牙切齿。这是一位精灵的君主，必定还会法术，不如赶快割断他的腿筋，把他关在荒岛上，让他没法行动，以绝后患。"

尼德乌德觉得王后说得有道理，立马对伏尔隆德施以酷刑，将他送到了塞瓦斯达第尔的荒岛上，让他忍受着痛苦为国王锻造各种精美的首饰。

潦倒落魄的伏尔隆德夜以继日地工作，偶然休息的时候，因为想起遭遇不测的妻子而久久不能入眠，他发誓要报仇雪恨。

没想到，上天很快就赐予他良机。一天，两个男孩溜到岛上，想看看那些美丽的珠宝是如何制作的。伏尔隆德同两位孩子交谈得知，他们正是尼德乌德的儿子。伏尔隆德给了他们一把钥匙，让他们打开旁边的箱子。两个男孩看到里面竟是一大堆价值连城的珠宝，眼里流露出贪婪的欲望。

伏尔隆德趁机对两个孩子说："本来我想送你们两个几件，但是今天这里人太多了，你们明天天不亮的时候，悄悄过来，不要让任何人发现，我可以让你们带走几件。不过你们一定要保密，不要对父母说你们来过这里。"

两个小男孩喜不自胜，重重地点了点头。

第二天，兄弟俩按照约定悄悄来到了小岛，但是珠宝还没拿到手，就被伏尔隆德要了性命。

尼德乌德和王后发现儿子不见之后，发疯似的到处寻找。这时，布德维尔德又偷偷地来找伏尔隆德。原来她折断了父亲送她的赤金戒指，怕父亲发现之后责怪。伏尔隆德告诉她："这枚戒指是我制作的，我自然能修好，不过需要花费一点时间，你不妨坐到边上喝一点麦酒，等我一会。"

布德维尔德推辞不过，就坐下喝了一杯麦酒。

修好戒指之后，伏尔隆德并没有着急把戒指归还给布德维尔德，而是给自己也倒了杯麦酒。他看着戒指，和姑娘一起喝酒，聊起自己的伤心往事。几杯麦酒下肚，布德维尔德就面色发红，两腿发软走不动路。伏尔隆德趁机将她拉过来，有了肌肤之亲。

过了一会儿，姑娘衣衫不整地躺到长凳上睡着了，伏尔隆德靠在旁边说："现在，我已经报仇雪恨，只剩下可恶的腿伤。"说完，他试着站了一下，没想到，经过这些日子慢慢恢复，他现在已经能站起来了，顿时，伏尔隆德激

动得高呼不已。

被吵醒的布德维尔德，看了一眼伏尔隆德，又看了看自己身上的衣服，想起酒醉时候发生的事情，忍不住掩面哭泣，头也不回地离开了小岛。

另一边，尼德乌德找遍了全国，也没能找到自己的儿子，只好来找伏尔隆德，对他说："自从儿子消失，我整夜整夜地睡不着觉，恐惧和悲哀占据了我的心。伏尔隆德你快告诉我，我两个宝贝儿子，究竟遭遇了什么不测？"

伏尔隆德说道："我可以告诉你真相，但是你必须立下毒誓，绝不折磨我现在的妻子，至于她是谁，我一会儿再慢慢告诉你。"

尼德乌德发誓之后，伏尔隆德这才将自己复仇的经过说了出来，而且，布德维尔德已有身孕，腹中怀的正是伏尔隆德的骨肉。

尼德乌德泣不成声，悔不当初，瘫倒在地，蜷缩着身体一动也不能动。

这时，伏尔隆德从身后拿出一对黄金羽翅，纵身一跃变成一只天鹅，逃出了荒岛，飞回了家。

原来，伏尔隆德的二哥埃吉尔听闻他被囚禁在岛上，趁无人的时候，偷偷给他射下来一只金色的野鹅，伏尔隆德用野鹅的羽毛制作了一对黄金羽翅，就这样重获自由了。

后来在埃吉尔的帮助下，伏尔隆德率领一支精灵大军攻破了尼亚拉尔人的城堡，杀掉了恶毒的尼德乌德国王和王后，迎娶了怀有身孕的布德维尔德。他们的儿子很快就诞生了，精灵君主给他起名为维底亚，维底亚是一位有勇有谋的勇士。

第六章　矮人国——斯瓦塔尔福海姆

　　黑暗精灵，又被称为矮人、侏儒，皮肤黝黑，长着茂密的胡须和头发。

　　诸神安排他们居住在地下的斯瓦塔尔福海姆，为了让矮人们专心寻找宝藏，诸神禁止他们白天来到地面，如果被日光照射，他们就会化为石头。奥丁把卢恩文字和魔法也教授给了他们，所以他们制造的器物都有很多神奇之处。

　　和光明精灵一样，黑暗精灵的族群逐渐发展壮大，他们后来也开始在中庭的山间、矿井和岩洞等黑暗的地方活动。

　　在矮人国，最有声望的是矮人伊凡尔第和他的儿子们，他们是诸多工匠里面的翘楚。奥丁的德罗普尼尔聚金指环和永恒之枪冈格尼尔、索尔的雷神之锤妙尔尼尔、弗雷的神船斯基德布拉德尼尔和金鬃山猪都是他们家族的工匠打造的。因为和阿萨神族来往密切，伊凡尔第的女儿还嫁给了诗歌和音乐之神布拉吉，成为阿萨神族的一员，负责司掌青春，并且保管着可以让人永葆年轻的金苹果。

第一节　矮人阿尔维斯

阿尔维斯是一位出色的工匠，他在底层的深洞里有一间作坊，经常在里面打造各种器具。阿尔维斯的名字意思是无所不知，他喜欢在闲暇时到处走访，因此积累了很多的知识。

一次外出游历时，阿尔维斯遇到了一位美丽娇艳的姑娘。言谈间，姑娘被见多识广、聪明伶俐的阿尔维斯深深地吸引，于是两人私订终身。离别之际，姑娘告诉阿尔维斯，她叫斯露德，是阿斯加德雷神索尔之女，也是一名女武神。两人虽已私订终身，但是要结婚，还是要得到父亲索尔的同意。

阿尔维斯欣然答应了斯露德，承诺第二天晚上就去阿斯加德，上门拜访雷神，并且提亲。

阿尔维斯在雷神的殿堂等了好久，直到深夜，斩杀冰霜巨人的索尔才回到殿堂。

索尔远远看着阿尔维斯，大声问："我的殿堂里面怎么来了个矮人，这个矮墩墩的家伙是谁？"

阿尔维斯立即自报姓名，并讲明自己的来意。

索尔听后，不满地说："你们的诺言不能算数，没有我的允许，谁说了都不算数。"不过，索尔看阿尔维斯一脸诚恳，闭目思考了一下，让阿尔维斯坐下后，继续说道："我的女儿是女神中的翘楚，要是想迎娶她，我得看看你除了打铁，还懂什么其他的事情。要是回答上来，我就同意你们的婚事。"

阿尔维斯喜出望外，催促索尔赶紧提问。

索尔走上殿堂的宝座，问："创世之初，诸神用尤弥尔的身体做成了陆地，几大世界的生灵分别怎么称呼它？"

阿尔维斯不假思索地说："人类它叫大地，阿萨神族说它是无垠的平川，华纳神族说那是片田野，巨人族说那些泥土绿油油，精灵族讲沃土上面在发芽……"

索尔又问："那各个世界把天空叫什么？"

阿尔维斯答："人类叫它空空的天，阿萨神族叫它苍穹，华纳神族叫它风穴，

巨人说那是上界,光明精灵说有个美丽的顶棚,我们矮人则说那是会滴水的天篷。"

"月亮都有哪些名字呢?"

"中庭说那是皎皎的明月,诸神叫它火焰般的月宫,赫尔海姆的亡灵说一个催命的飞轮挂在空中,侏儒调侃说那是天上点了灯。"

索尔打了个呵欠,继续问:"那太阳呢?"

"人类叫它暖阳,巨人叫它火炬,精灵称之为火轮,矮人则骂它是特瓦林的哄骗者。"

索尔靠在椅子上耷拉着眼皮,问:"风呢?"

"人类说大风摇曳树梢,诸神说苍穹抖动,风神说他嘘了口气,巨人说天空呜呜作响。"

索尔问道:"森林。"

阿尔维斯加快了语速,说:"人类说群树葳蕤,诸神说山谷生出毫毛,亡灵说海藻长上山坡,巨人们说那是要砍下来的柴火,华纳神族叫它一丛丛枝条。"

"诺尔之女叫什么?"

阿尔维斯回答:"人类叫茫茫黑夜,诸神说天黑,巨人说不见亮光,矮人们却叫她梦之女神。"

索尔停顿了好一会,挠头想下一个问题,阿尔维斯则得意扬扬地站起来四处走动。过了一会儿,索尔总算想到一个问题:"各个世界把中庭的人类的种子叫什么?"

阿尔维斯一边踱步,一边说:"人类叫它们谷物,诸神只说那是果实,巨人说小颗粒不能填饱肚子,精灵说麦穗是最美味的食物。"

索尔突然起身拍手称赞:"你果然见多识广,博古通今。"

阿尔维斯脸上笑开了花,只等着准岳父同意他的亲事。没想到,索尔脸色一变,感叹道:"可惜你懂得再多也没用,阿尔维斯,我问问题只是为了拖延时间。奥丁让你们不能见太阳,你看看现在已经什么时候了,清晨的阳光就要照过来,而你难逃厄运就要变成石头。"

阿尔维斯直呼上当了,还没来得及躲避,就化成一块石头。就这样,阿尔维斯非但没有抱得美人归,反倒送了性命。

第二节 矮人雷金的故事

雷金是一个矮人,但他和诸神、人类都有颇深的渊源。

雷金的父亲是雷德玛尔,雷金还有一个兄弟奥托、两个姐妹吕恩希海依德和洛弗海依德,雷德玛尔后来还收养了一个男孩法弗尼尔。他们一家六口生活在中庭的山谷中,以锻造器具为生。

雷金的兄弟奥托拥有可以变身的魔法,经常变成一只水獭,在附近恩德瓦拉的湍流中捕鱼吃。有一天,奥托刚捕获了一条鲑鱼,正准备大快朵颐,突然被洛基扔的一块石头砸中,夺去了性命。

原来,奥丁、威利和洛基三位神在中庭游历,刚好路过此地,想要找些食物果腹,正巧撞见了奥托变成的水獭。三位神将鲑鱼和水獭一起烹成美味佳肴,然后将水獭的皮做成了一个口袋,背着水獭皮口袋继续上路。

走了一会,他们看到前面有间房舍,就上前去想要借宿一晚。雷德玛尔看到他们手中的水獭皮口袋,瞬间就知道发生了什么,便假装热情邀请他们进入家中,然后迅速锁上门,大声喊来其他两个儿子。

雷德玛尔怒斥道:"我可怜的儿子奥托只是想去抓条鱼吃,没想到惨遭如此厄运,你们三人不仅杀死了他,还把他的皮做成口袋,你们说,这件事该如何解决?"

奥丁三人赶紧解释自己是无心之过。

雷德玛尔听后,说:"我辛苦抚养儿子长大,你们要赔偿我的损失,除非你们能找到足够多的金子装满水獭皮口袋,再从外面把水獭皮全部覆盖住。否则我就让你们偿命。"

奥丁三人没有别的办法,只好答应。接着,奥丁让善用计谋的洛基前去解决此事,自己和威利留在原地当人质。

洛基匆匆找来海神尼奥尔德,让他帮忙献计。

尼奥尔德告诉洛基:"在水獭活动的恩德瓦拉河中,还有一条矮人变成的狗鱼，他在河中藏了许多财宝。你若是能抓到他，问题就好解决了。"尼奥尔德还把自己的渔网借给了洛基。

洛基回到恩德瓦拉河岸边仔细寻找，很快就发现了那条狗鱼，用渔网将它打捞上来。

洛基质问狗鱼："你在急流里摇头摆尾，不和其他鱼儿为伍，到底是什么身份？"

狗鱼看着洛基，怯生生地答道："我的名字叫恩德瓦尔，父亲是矮人厄依恩，因为很久以前无意中得罪了命运女神，她一气之下就把我变成了鱼的模样，我便一直生活在此。"

洛基说："恩德瓦尔，要是有人可以让你恢复原形，你要怎么报答他？"

恩德瓦尔激动说道："若是能变回原来的模样，我会把藏在河床里所有的财宝全都献给恩人。"

洛基和矮人商定了条件，就用咒语将他变为人形。当恩德瓦尔交出黄金时，他故意藏起了一个戒指，原来这是一只聚金戒指，可以不断地孵化出黄金，洛基手疾眼快，一把夺过了戒指。

小矮人拔腿就跑，还一边说："这个戒指曾经被诅咒了，它会让两个兄弟丧命，还会引起八王纷争，戒指所到之处都将带来血光之灾。"

洛基笑了笑说："你放心，我会把这个诅咒告诉大家的。"

随后，洛基将所有的黄金带回来交给了奥丁。

奥丁看到那枚戒指十分奇特，就将戒指收了起来。他们几个人用黄金装满了水獭皮口袋，再用黄金覆盖住外面的皮毛。做完之后，奥丁喊来雷德玛尔，让他检查。

雷德玛尔指着金子中间竖起的一缕水獭毛说："这不是还没盖完吗？"

奥丁无奈，只好取出那枚戒指放了上去。

洛基说："雷德玛尔，你要的赔偿都已经悉数奉上，但是这笔财富不会给你带来好运的。鸟为食亡，人为财死，到手的钱可能来不及花，你们父子就要命丧黄泉。还有两个未出生的王子，在娘胎里就被牵连其中，受到这笔财富的诅咒。"

雷德玛尔朝着他们恶狠狠地说："早知道你要说出如此恶毒的诅咒，我当初就该直接取了你们的性命。"

等奥丁三人走远后，法弗尼尔和雷金向他们的父亲提议分一部分赔偿金，但雷德玛尔没有理会，转身回房睡觉去了。法弗尼尔对养父的做法十分不满，趁着对方熟睡时，用利剑杀死了他。

弥留之际的雷德玛尔将两个女儿叫来，对她们说："吕恩希海依德和洛弗海依德，贪婪的法弗尼尔为了黄金，丧失人性，杀掉你们的父亲。"

吕恩希海依德说："虽然我们非常愤怒和难过，不想失去自己的父亲，但是我们两个女人，要怎么杀掉兄弟为父亲报仇呢？再说，他可是我们的兄弟啊！"

雷德玛尔话没说完，就撒手人寰了。

雷德玛尔一死，法弗尼尔就将所有金银财宝占为己有，并拒绝向雷金分享。雷金自知不是法弗尼尔的对手，只身来到了另一个国家。雷金凭借自己的锻造手艺和魔法，为国王希阿波莱克打造了许多精美的首饰，加上他为人圆滑，知识渊博，很快得到国王的赏识，还被国王认领为养子。

国王的亲生儿子叫阿尔弗，阿尔弗有一个继子叫作西古尔德，西古尔德是奥丁在人间的后裔。那个时代，中庭比较推崇易子而教，人们相信这样教育出来的儿子更容易成才。于是，继子西古尔德就将雷金认为养父。

雷金十分看重西古尔德，于是把自己毕生所学毫无保留地教给他。西古尔德本身也天赋异禀，聪明伶俐，很快精通各种技艺和魔法，成为一个骁勇善战的勇士。

雷金虽然远在他乡，但是他一直关注着自己邪恶的弟弟。自他离家以后，法弗尼尔的戒指源源不断地生出黄金，为了把黄金藏起来，法弗尼尔去了格尼塔荒原，挖了一个巨大的洞穴，把所有的金子都存储在那里。金子越变越多，他就整天攀爬在上面，后来竟然变成了一条恶龙。任何胆敢看他一眼的人，就会被活活吓死。

有一天，西古尔德登门拜访时，雷金将整件事情的来龙去脉告诉了他，并说道："我不是那条恶龙的对手，但是那条恶龙侵占了我的财产，我辛苦培养你成为勇士，希望你能出手帮助我夺回黄金。你若打败了恶龙，也算是为了我报了仇，我把黄金分你一半，岂不是一举两得。"

西古尔德答应下来。

雷金喜出望外，精心为西古尔德铸造了一柄削铁如泥的宝剑——格拉姆。

不久之后的一个夜晚，西古尔德和雷金来到了格尼塔荒原，找到了恶龙从洞穴去河岸喝水的必经之路。西古尔德在路上挖了一个大坑，自己跳了进去，等待恶龙的到来。

天刚蒙蒙亮，恶龙法弗尼尔就蠕动着身体爬了过来。在恶龙经过陷阱的一瞬间，西古尔德猛地将利剑向上戳去，利剑不偏不倚刺入了恶龙的心脏。法弗尼尔惨叫一声，在地上挣扎打滚，西古尔德伏在大坑里面，等恶龙轰然倒地，大口喘着粗气时，他一下跳了出来。

法弗尼尔煽动着巨大的鼻翼，低声怒吼道："哪里来的毛头小孩，报上名来？"

西古尔德知道，恶龙想在死前通过自己的名字诅咒自己，但他毫不畏惧地回答道："我叫西古尔德，我的生身父亲是西格蒙德。"

恶龙说："我们无冤无仇，你为什么要下此毒手？"

西古尔德说："我的勇气让我前来杀掉你，你罪孽深重，杀掉自己的父亲，独吞兄弟的财产，还盘踞一方，作恶多端，危害生灵。"

恶龙顿时明白了，说："雷金培养你，就是为了让你完成刺杀我这件事。我命不久矣，我要对你说句真心话，劝你赶快离开这个地方，雷金为了黄金怂恿你取我性命，也可以为了独吞狠心杀了你。"法弗尼尔说完就合上了双眼。

西古尔德拔出利剑，将上面的血渍清理干净。这时，消失了半天的雷金忽然出现，他高兴地拍着西古尔德，说："祝贺你西古尔德，屠龙勇士，从此你要扬名天下。"说着，雷金走到法弗尼尔身边，用利剑割下了它的心肝，喝了几口恶龙的鲜血，转身对西古尔德说道："我要去睡觉了，你要是饿了就把恶龙的心肝烤了吃。"

西古尔德脑子里想着恶龙临死前的话，质问雷金道："刺死恶龙的时候，你不见踪影。我费力屠杀了恶龙，你什么都没干却早早地吃饱喝足去睡觉。"

雷金反击道："要不是我的利剑，凭你不一定能杀掉恶龙。"

西古尔德说："屠龙需要的是勇气，再锋利的刀剑也比不上大无畏的勇气。"

雷金没有说话，开始鼾声连连。

此时，西古尔德感到饥肠辘辘，就把恶龙的肝用铁叉插起来，架到火上烤制，刚想开口，他就感到恶龙身上的魔法流入他的身体，自己忽然可以听懂周围鸟说的话。

附近树枝上落着几只鸟，第一只鸟说："他要是把恶龙的心肝都吃下去，会变得更加聪明，获得更强大的魔法！"

第二只鸟说："雷金躺在草地上装睡，等这位少年睡熟后要了他的性命，对外说是为兄弟报仇，实则只想独占黄金。"

第三只鸟说："可怜的少年，就要和恶龙一起做伴，邪恶的铁匠却独吞财产，在人间享受荣华富贵。"

第四只鸟说："少年要是想保全性命，就该先下手为强，周围的乌鸦和饿狼都等着吃肉饱腹。"

第五只鸟说："他如果只杀了一个恶毒的兄弟，却饶了另一个，这是给自己留下后患！"

第六只鸟说："他如果真心慈手软放走阴险的铁匠，那就是把自己推到冥界门口。"

第七只鸟说："他会像恶龙那样暴尸荒野，喂饱乌鸦和饿狼。"

西古尔德听完鸟的话，又回想起恶龙临死前的预言，顿时感到不寒而栗，没想到自己的养父竟如此恶毒。

终于，西古尔德悄悄地抽出自己的剑，砍下了雷金的脑袋，然后也获得了雷金身上的魔法！雷金谋划了多年的夺金计划就此失败，西古尔德获得了恶龙所有的黄金珍宝，并名声大振，成为远近闻名的屠龙英雄。

第七章　中庭——米德加德

　　米德加德，意为中界乐园，因为处于世界之树的中层，也被称为中庭。和人类同处于中层的还有巨人国——约顿海姆。为了保护中庭不受冰霜巨人的侵扰，诸神在创世之初，用尤弥尔的眉毛，做成了坚固的墙壁，包围了米德加德。不过，冰霜巨人有时还是会突破围墙进来捣乱，人间就会霜雪肆虐。这时，阿萨神族为中庭驱走巨人，中庭的人类为了感谢诸神，在米德加德修建了许多殿堂，并且定期供奉诸神。

　　在奥丁创造人类之后的很长一段时间里，人类没有形成任何社会组织，也没有秩序。后来，海姆达尔在人间游历的时候，在中庭建立起不同的阶级，所有的人都视他为祖先和守护神，中庭也开始形成不同的王国。因为奥丁想要挑选英灵战士，所以他经常亲自或指派神祇来到中庭挑起战争，并且干扰战争的胜利。中庭的不同王国之间开始战火不断。

第一节　国王阿格纳

中庭哥特国的国王有两个儿子，长子叫阿格纳，幼子叫基罗德，两个王子平日喜欢乘船玩耍。

有一天，他们在近海钓鱼时，遇到了风浪，随后被海浪冲到一个陌生地方。兄弟俩上了岸，看到附近有一个屋舍，便敲门进去，想讨点吃的。

屋主人是对老夫妻，他们刚好没有孩子，农夫收基罗德为养子，老妇人则收养了阿格纳，并悉心照顾和教导两个孩子。第二年春天，农夫为他们准备了一艘船，并且给他们指明了回家的方向。临行时，农夫趴在基罗德耳边说了几句悄悄话。等兄弟两人走后，老夫妻径直来到阿斯加德，原来他们两人是奥丁和弗丽嘉的化身。

这次，两兄弟顺利地回到了哥特王国的渡口。上岸时，基罗德抢着跳上了岸，然后把他哥哥坐的小船推进了大海。还朝着他哥哥喊道："你滚吧，再也不要回来啦！"阿格纳还没反应过来，海浪就将他推到了大海深处。

基罗德回到王宫，就戴上了王冠。原来，在离家的这段时间，老国王因病去世，所以，基罗德一回国，他就继承了本应属于哥哥的王位。

有一天，奥丁和弗丽嘉坐在至高王座克利塔斯克夫上察看中庭。奥丁看了一会，说道："弗丽嘉，你看见你的养子阿格纳了吗？他现在整日无所事事，待在岩洞里和一个女巨人寻欢作乐，生了一大堆孩子。我的养子基罗德已经当上国王，统治着一个国家，还早早地娶亲，有了继承人。"

弗丽嘉凝神看了一下，说道："基罗德虽贵为一国之君，但他为人小气，待客摆宴席的时候都不愿意多准备酒水和食物，让客人饿着肚子。"

奥丁矢口否认，只说弗丽嘉故意诬陷，于是两人便吵了起来，互不相让。最后，奥丁决定亲自去中庭弄清楚这件事。

在奥丁到达中庭之前，弗丽嘉让自己的贴身侍女芙拉先拜访了基罗德。芙拉对国王表明了身份，告诉他有一个精通法术的人将要来到他的国度，这

人可以蛊惑他人，一定不能让他在国内随意走动。

基罗德感谢之后问："我要怎么能辨认出此人呢？"

芙拉回答："这人恶狗见了他都不敢咬，你只要记住这点就行。"芙拉说完就离开了。

随后，奥丁便化身来到王宫拜访基罗德。基罗德留意到这个陌生人一路走来的时候，所有的恶犬都默不作声，还没等对方介绍自己，就让人把他抓了起来。

基罗德让侍从把奥丁绑在篝火之间，拷问他姓甚名谁，有何目的。

奥丁回答道："我叫格里姆尼尔，家族世代都非常卑微，默默无名。我四处周游，路过这里，想在您的殿堂讨口饭吃，继续上路而已。"

基罗德见他不肯如实交代，就让人对他严刑拷打，把他放在两堆篝火上烤了整整八天八夜。

就在奥丁口渴难忍，说不出一句话时，一个小男孩偷偷过来，给他带了满满一牛角的蜜酒，往他嘴里倒了一些。喝了蜜酒之后，奥丁询问他的身份，说日后要感谢他。

小男孩回答说："我叫阿格纳，和我死去的伯父同名，国王是我的父亲。这件事是他的不对，他不该不分青红皂白严刑拷打你，冤枉无辜的好人。"

奥丁听后，让男孩把剩余的蜜酒全都倒到他嘴里。他咂咂嘴，低声说道："我昔日的养子，把我手脚捆绑住，让我在篝火旁边待了八天八夜，火苗烤坏了我的大袄，火舌舔伤了我的皮肤。我口干舌燥，饥肠辘辘，没有一个人给我食物。只有基罗德之子阿格纳给我送来了甜美的蜜酒，正所谓滴水之恩当涌泉相报，我要用一个王国来回报这些蜜酒。阿格纳，既然奥丁愿意亲自保佑你，你这一辈子必然好运连连。"

阿格纳听到这些话，愣在了那里。

接着，奥丁转过身，对着国王的方向大声说道："我四处游走，给自己起了不少名字，现在叫格里姆尼尔，以前也叫作流浪汉、萨斯巴尔、桑吉巴尔……我在不同的地方使用不同的名字，只因为我的真名众人皆知。基罗德，昔日我救你性命，抚养你长大，没想到你成为现在这副模样。基罗德，你现在折磨之人正是你昔日的养父，也是你继位之后的保护神——奥丁。但你自掘坟墓，断了自己的后路。没有奥丁的保护，将士们将不会再为你拼命，朋友们全都会背叛你，各路神祇也都绕着你走。奥丁看见命运女神给你重新编织了命运，引领你走向死亡之路，死亡女神海拉也已经起身准备迎接你。基罗德！你已走到生命的尽头！"

基罗德听完之后，震惊地站了起来，手中的酒杯落到地上，知道自己犯下了大错，慌慌张张地想要跑过去把奥丁从火堆中间拉出来。但是，他刚走出一步，就被自己掉落的酒杯绊倒，撞到了身边侍从的利剑上，当场身亡。

基罗德死后，阿格纳继位成了国王。奥丁信守诺言，一直保佑着阿格纳。在阿格纳统治期间，国泰民安，风调雨顺。

第二节 伏尔松家族传

前传

主神奥丁在中庭游历的时候，诞下很多子嗣，其中很多成为中庭的传奇人物。

希吉，便是奥丁在中庭的儿子。希吉仪表堂堂，有勇有谋，但气量小，不能容人。有次外出打猎时，希吉空手而归，但他的奴隶布雷迪却收获了许多猎物。

希吉妒火中烧，竟然将布雷迪杀死了。后来事情败露，大家都称他是一匹恶狼，希吉没有办法在当地生活下去了。

虽然犯下了大错，但是奥丁仍旧庇护着希吉，将希吉带到海边，给了他一个船队。从此，希吉就在海上劫掠，征服了大片的领土，成为法兰克兰王国的国王。希吉国王后来娶妻并育有一子——雷利尔，雷利尔在父亲的培养下，也成为一名勇士。

在希吉年老体弱的时候，被妻子的兄弟们伏击杀死，夺去了王位。雷利尔为了给父亲报仇，召集心腹成立了一支军队。因为雷利尔领导有方，军队很快壮大，雷利尔终于手刃杀父仇人，并且夺回了王位。

雷利尔成为法兰克兰国王之后，娶了赫裘迪斯，但赫裘迪斯无法怀孕，因此没有继承人。两人经常向诸神祈祷，他们的祈祷被弗丽嘉听到了，弗丽嘉派遣女武神赫尔约德给了雷利尔一个金苹果。雷利尔和王后分吃了苹果，王后很快就怀孕了。然而王后怀胎后，直直过了六年，孩子都没有诞生。

有一天，雷利尔在外出巡查的时候意外去世，至死都没有见到自己的亲生孩子。王后在雷利尔死后茶饭不思，身体日渐虚弱，觉得自己命不久矣，就冒险让人将孩子从她的腹中取出。出人意料的是，孩子非常健康，王后激动得热泪盈眶，在弥留之际亲吻了自己的儿子，赐名为伏尔松。

伏尔松时代

伏尔松一出生就继位为国王，长大后，送金苹果给他父亲的女武神赫尔约德在战场上和伏尔松一见钟情，两人很快结为夫妻，共生下十一个儿子和一个女儿。伏尔松的孩子都智勇双全，其中，长子希格蒙德和幼女希格妮最为优秀。

伏尔松四处征战，使法兰克兰王国变得十分繁荣和强大。附近的很多国王都想和伏尔松家族联姻。哥特国也是一个强国，国王希格吉尔反复派使者向伏尔松提亲，伏尔松于是答应了这门婚事。

婚礼当晚，伏尔松在厅堂设宴待客。当诸位贵宾都入座之后，一个身披暗蓝色的斗篷，光着双脚，低垂的帽子遮住脸的怪人走了进来。他不待众人开口询问自己的身份，就抽出一把宝剑，轻轻一挥将其插入伏尔松宫殿中间的大橡树上，剑身全部进入了橡树，只留剑柄在外面，惹得众人惊叹连连。接着，神秘人低声说道："谁要是能拔出来，这柄举世无双的宝剑就归谁所有。"说完他就走出大厅，不见踪影。

众人回过神，立即猜想此人应该是主神奥丁。就这样，婚宴变成了拔剑比赛，大家依次上前，但是都没能让宝剑松动分毫，最后，轮到伏尔松的长子希格蒙德了，没想到他把剑拔了出来。哥特国王希格吉尔十分喜欢这把宝剑，便提出用黄金和希格蒙德交换，希格蒙德自然不愿意。被拒绝的希格吉尔从此对希格蒙德怀恨在心，暗暗发誓一定要把这把剑夺回来。

婚后，希格吉尔和希格妮回到了哥特国。一回到家，希格吉尔就写信邀请伏尔松一家来哥特国做客。希格妮知道丈夫不怀好意，就偷偷通知家里人不要来，但伏尔松家族的男子都毫无畏惧，宁愿战死沙场，也不愿留在国内当缩头乌龟，便浩浩荡荡地带好武器前往哥特国。

果然，在去皇宫的路上，他们遇到了埋伏。伏尔松家的男子奋力杀敌，但最终寡不敌众，伏尔松被杀死。十一个王子被绑在树林之中，面临着被饿死或者被野兽撕成碎片的命运。

希格吉尔终于抢回了心心念念的宝剑。

希格蒙德和希格妮复仇

希格妮听闻父亲去世的消息，泣不成声，想去营救被困的哥哥，反被希格吉尔软禁在宫中。

几天后，心急如焚的希格妮想办法传口信给亲近的侍从，让他去树林看望几位哥哥。侍从回来告诉她，每天午夜时分，就有一头猛兽从森林深处窜出来，吃掉她的一个哥哥。希格妮苦苦思索了好几天，终于想出一个办法，让侍从带着一大罐蜂蜜去树林，用蜂蜜涂满她哥哥的脸。侍从来到树林，树林里只剩下了希格妮的大哥希格蒙德，便赶紧按照主人的吩咐做了。

午夜再次降临，就在猛兽扑到希格蒙德身边准备咬死他时，忽然闻到了蜂蜜的味道，它垂涎于甜美的蜂蜜，开始舔希格蒙德的脸。希格蒙德瞅准机会，一下咬住猛兽的舌头，猛兽不断挣扎，撞断了绑着希格蒙德的大树。最后，希格蒙德使尽全身力气，咬断了猛兽的舌头，猛兽随后倒地不起，希格蒙德得以重获自由。

希格蒙德休息了一会后，把猛兽的尸体掩藏起来，让希格吉尔以为自己被吃掉了。确定安全后，希格蒙德偷偷地找到妹妹，商讨如何为家人报仇。

最后，妹妹希格妮做了一个惊人的决定。她找来一名精通法术的女巫，和女巫互换了容貌。易容之后的希格妮来到她哥哥藏身的地穴，在这里留宿了三个晚上。九个月后，希格尼产下一子，取名为辛弗约特里，她隐瞒了孩子的真实身份，让所有人都以为辛弗约特里是希格吉尔国王的子嗣。

辛弗约特里长大后，体型壮硕，骁勇善斗，面对任何困难都毫不退缩。希格妮将他送到希格蒙德的身边，希格蒙德欣喜若狂，开始精心培养辛弗约特里，教会他使用各种兵器，并且让他上战场积累杀敌经验，辛弗约特里为哥特国立下许多功绩，也得到了国王的器重。

希格蒙德觉得时机已经到了，就和辛弗约特里讲了以前发生的事情："我亲眼看着我父亲和十个兄弟被害死，血海深仇我不得不报，我苦心培养你是希望你能助我一臂之力。但希格吉尔是你的父亲，我不会逼你，希望你可以考虑清楚，再做决定。"

辛弗约特里猛地站起来，拍着桌子说道："希格吉尔就是个阴险无能的鼠辈，伏尔松和我的十个舅舅不能白白死掉，我愿意为他们报仇。"

翌日，他们悄悄来到希格吉尔的住所，藏在空酒桶中，静待时机。没想到竟然被发现了。

国王召集所有的士兵攻击他们两人，但因为敌众我寡，希格蒙德和辛弗约特里一边抵抗，一边往后退到后庭，见有一个很深的洞穴，中间被石板隔着，就钻了进去，不料是个死穴。

国王见状，派人赶紧用巨石把洞口挡住，再用土掩埋，想将两人活活饿死。但是在覆土之前，王后偷偷地往洞里扔了一把干草。

完工之后，国王带领侍从离开了。希格蒙德听见外面没有动静，就打开妹妹扔进来的干草，发现里面有一些猪肉，还有当年奥丁赐给他的那柄宝剑。

两人用剑劈开了隔在中间的石板，推开洞口的巨石，清理了盖在洞口的土。

他们从洞里爬出来的时候，已经是深夜。所有的人都在厅堂呼呼大睡，两人悄悄地搬来很多干柴，将其点燃，希格吉尔就这样葬身火海。

大仇已报，希格蒙德拉着妹妹和辛弗约特里要离开王宫，但是妹妹希格妮不肯走，她哭着对希格蒙德说道："为了替父报仇，我犯下大错。如今大仇已报，我也不想苟活在人间了。带走伏尔松的子嗣吧，好好培养他。"说完之后，西格妮就冲入火海。

希格蒙德和辛弗约特里抱头痛哭，但是火势愈来愈旺，他们只好离开。休整几天之后，他们回到了法兰克兰王国。

海尔吉

返回法兰克兰王国之后，希格蒙德很快成为新的国王。他娶了一位美丽的妻子博格希尔德。婚后两人育有二子，一个名叫海尔吉，另一个叫哈蒙德。

海尔吉出生时，命运三女神来到他的身边为他编织命运，她们预言海尔吉长大后是一名功勋卓越的战士，然后成为一名贤明的君主。命运三女神将命运之树缠绕得高大粗壮，还用黄金搓成了一条细线，把它挂到月亮上面。希格蒙德和博格希尔德听后十分开心。

海尔吉出生后，希格蒙德送给了他一柄镶嵌着宝石的利剑和一大片领地作为礼物。海尔吉长大之后，正如预言那样，成为一个非常优秀的青年。十五岁开始上战场杀敌，稍微年长一点，就成了军队的统帅。辛弗约特里被任命为他的副将，两个人一起到处征战，立下赫赫战功。

当时，法兰克兰王国周边有一个非常强大的国家——匈奴兰国，国王是匈丁。匈丁的子嗣也都十分善战，和海尔吉一样四处征战。于是，两国在抢占领土的时候发生了剧烈的冲突。

海尔吉为了打败匈丁，他乔装打扮，偷偷混入对方的王宫中去刺探军情，随后，穿上侍女的衣服去磨坊推磨，躲过追捕，最后偷偷登上一艘战船潜回国内。

因为打探到了匈丁的作战计划，所以两军交战时，海尔吉轻松击退敌军，直取匈丁的项上人头，结束了战争。

听闻父亲被海尔吉杀死，匈丁的儿子们悲愤交加，迅速组织国内剩余的兵力，再次向海尔吉的军队发起进攻。在双方杀得难解难分时，女武神希格隆恩骑马在空中观察战势，引领英灵战士。领头的那位女武神，看到海尔吉在战场上的飒爽英姿，瞬间芳心萌动，就一直在暗中帮助他。

有了女武神的帮助，海尔吉一路厮杀，再次战胜了对方。

海尔吉连战连捷，十分得意。当他率兵要离开战场的时候，森林边出现了许多骑着马、身着华服的美丽女子。领头的那位女子下马来到海尔吉身边，用胳膊环绕住他的脖子，和他拥吻，海尔吉一下就爱上了对方。

海尔吉按捺住激动的心情，询问对方的身份。

女子回答说："我叫希格隆恩，是霍格尼国王之女，也是一名女武神。我在战场上看到你勇猛善战，就萌生浓浓的爱意。然而，我现在无心和你把酒言欢，因为有一件事情横亘在我心里，需要你去解决。我父亲霍格尼国王，将我许配给了格兰马尔国王的儿子霍德布罗德。我誓死反对，但是父亲已经下定决心。除非你能阻止霍德布罗德，否则我们就不能长相厮守。"

海尔吉将希格隆恩拥入怀中，坚定地说道："公主殿下，我就算赌上性命，也要阻止霍德布罗德！"

两人约定好之后，希格隆恩就离开了。

随后，海尔吉到处招兵买马，很快就拥有了一支几万人的大部队，他们乘船浩浩荡荡地出征了。

途中，他们遭遇到猛烈的风暴，海浪像猛兽一样拍打船身，发出雷鸣般的响声。浪花不断地奔向船队，想要把船拖到海底。就在他们要全军覆没之际，女武神希格隆恩远远地发现了他们，于是带领女武神给海尔吉的船队指明方向，引领他们抵达一处平静的海港。

看到陌生的船队停泊，港湾的统治者，霍德布罗德的兄弟——古德蒙德来到这里，向船上的人喊话询问，想知道是谁在率领这支大军。得知对方是谁之后，古德蒙德赶忙前去向国王汇报战事将近。

霍德布罗德国王立即下令让全国准备战斗，并且请来了希格隆恩的父亲霍格尼国王和她的两个哥哥布拉蒂、达格参加了战争。

双方军队不断逼近，最后在一个叫弗雷卡斯坦因的地方相遇，一场恶战瞬间爆发。

海尔吉奋不顾身地战斗在最前线，在厮杀最激烈的地方，都能看到他以命相搏。海尔吉率领众人很快突破了对手的阵型，霍德布罗德的士兵死伤无数。

闻到血腥味的饿狼开始撕咬尸体，乌鸦也飞翔在战场周围。这时，天空中闪耀出如火的光芒，希格隆恩等九个女武神手持盾牌抵达了战场。海尔吉看到心上人，更加奋勇杀敌，将霍德布罗德国王斩杀在他的王旗之下。剩余的残兵败将见大势已去，全都逃离了战场。

战争结束后，希格隆恩无比激动地说道："英勇的海尔吉，请接受我崇高的谢意。你此行让我恢复了自由，你自己也会因为斩杀了如此强大的国王而英名永存，你将成为这片土地新的统治者。"

海尔吉却神情沉重地说："亲爱的公主殿下，很高兴你的婚约无效了。但是，你的父亲和哥哥前来为霍德布罗德助战，除了逃走的达格，都战死沙场，而结束你父兄生命的不是别人，正是你暗许芳心的海尔吉。真是造化弄人，你让我发起了这场战争，但是你的亲人却因此丧命。"

希格隆恩听完之后，放声痛哭起来。

海尔吉成为国王之后，迎娶了希格隆恩，两人幸福地生活在一起，生下了几个儿子。

另一边，在恶战中逃走的达格，向主神奥丁供奉了牺牲，请求奥丁帮助自己报仇，并借来了奥丁的永恒之枪冈格尼尔。

达格起兵向他的妹夫海尔吉发起了战争，最后两人在一个名叫弗奥托尔隆的地方展开了殊死搏斗，达格手疾眼快，用奥丁的长枪将海尔吉的宝剑击碎，然后刺穿了海尔吉的胸膛。

达格跃上马背，策马疾驰，将这个消息告诉了自己的妹妹希格隆恩："人世间的战事和不幸，不怪海尔吉，也不怪我，都是奥丁一手造成的。他挑起战争，把敌意和仇恨播种在至亲之间。我无意让你伤心，但是海尔吉和我的血海深仇，我也不得不报。事已至此，我愿意送给你赤金戒指，再把凡恩狄斯维和维格达尔峡谷全都归到你的名下，用来补偿你痛失夫君的痛苦，你和你的儿子以后可以安享荣华富贵。"

希格隆恩悲痛欲绝，疯狂地诅咒达格："希望海尔吉遭受的痛苦，成倍地降临到你的头上，希望你的战船无法出行，战马从此不能奔腾，你的利剑不能再斩杀敌人，反倒要刺向你自己。海尔吉命归英灵殿，你要一命抵一命。在死亡之前，你还要失去所有的财产和快乐，再变成树林里的恶狼，被世人唾弃！我已经心如死灰，没有我的丈夫，再多的黄金和领地对我来说也毫无意义……"西格隆恩一直不停地说着深爱的夫君，最后，因为伤心欲绝，倒在了冰凉的地上。

众人为海尔吉修建了一座高大的坟墓，很快将他安葬。

一天傍晚，西格隆恩的侍女路过墓地，她忽然看见海尔吉骑在马上，被众人拥簇着，正要走进坟墩，侍女顿时大惊失色。

海尔吉说道："我现在是英灵殿的战士，得到主神奥丁的重用，我们来人间是因为有公事在身。"

侍女扔掉手中的东西，飞奔到西格隆恩面前，上气不接下气地说："海尔吉显灵了！海尔吉显灵了！他的坟墓顶端裂开，海尔吉骑着马来到了人间。"

西格隆恩从床上一跃而起，顾不得穿鞋，狂奔着来见她朝思暮想的夫君，欣喜若狂地拉着海尔吉的双手说："没想到我还能见到我深爱的国王，我要亲吻你的脸颊，为你脱下血迹斑斑的铠甲，再帮你拂去秀发上的冰霜。海尔吉，你的双手怎么这么冰凉。"

海尔吉注视着西格隆恩，缓缓地说："我已经没有了国土，也失去了生命，但我不顾所有的悲哀，只想和你共饮一杯蜜酒。"

西格隆恩亲吻了丈夫，然后在坟墓里面铺了一张床，转身告诉海尔吉："你安心地长眠在这里，我也要躺在你的双臂里和你厮守。"

海尔吉掩面说："高贵的公主，你怎能睡在死人的怀抱里？你在人间还有荣华富贵可享，还有亲人和侍女悉心照顾你。赶快回去吧，美丽的姑娘。"说完，海尔吉就率领他的侍从策马离开。

希格隆恩仍然不肯放弃，一直守在海尔吉的坟墓前，但是海尔吉再也没有出现过。希格隆恩悲伤过度，终日精神恍惚，不久之后就撒手人寰。

辛费约特里之死

辛弗约特里辅佐海尔吉四处征战，立下赫赫战功，回到法兰克兰后，辛弗约特里觉得自己的前途一片光明，也该娶妻成家。但不巧的是，博格希尔德的一个弟弟和辛弗约特里同时喜欢上了一个女子，两人谁都不肯退让，最后借着酒精爆发了激烈的冲突。不料，辛弗约特里手里的宝剑不长眼，在打斗中失手杀了对方。

博格希尔德知道后，对着辛弗约特里破口大骂并要把他逐出家门。好在，希格蒙德出面劝阻，并给了王后一笔可观的赎罪金，博格希尔德才息事宁人，但仍怀恨在心。

在弟弟的葬礼上，王后博格希尔德端着麦酒在席间穿梭，假借为各位宾客斟酒，偷偷地将毒药兑入酒内，然后送到辛弗约特里的手中。

辛弗约特里看了一眼浑浊的酒水，知道继母有意毒害自己，便向希格蒙德禀告："父亲，您看这杯酒异常浑浊，是不是有什么问题？"

希格蒙德在敌国潜伏的时候，咬断过猛兽的舌头，喝过毒兽的鲜血，所以百毒不侵。然而，此时的希格蒙德几杯酒下肚，头脑已经有点不太清醒，没有理会辛弗约特里，只是端起牛角杯一饮而尽。

博格希尔德又给辛弗约特里倒了第二杯酒。辛弗约特里依然不肯喝，他父亲又拿过来全都喝掉了。

博格希尔德再给辛弗约特里倒了第三杯酒，她轻蔑地说："怎么伏尔松的后代连一杯麦酒都不敢喝吗？哭喊着让自己的父亲为自己挡酒。"

希格蒙德醉醺醺地说道："儿子，干了那杯酒，不能让别人小瞧伏尔松的后代。"

辛弗约特里只得接过酒来，倒入嘴中，还没喝完，他就口吐白沫，倒地不起。

看到这一幕，希格蒙德霎时清醒了，他抚摸着儿子苍白的脸颊，久久地说不出一句话。等到天亮的时候，希格蒙德独自抱着儿子的尸体来到一处峡湾，想把儿子的尸体送到对面，找一处地方安葬。就在这时。岸边来了一个小舟，船夫是一个穿披风的老翁。希格蒙德拜托老翁将他们摆渡到对岸，但是希格蒙德刚把辛弗约特里放到船上，小船就飞快地驶离岸边，消失在大海中。

希格蒙德难以忍受丧子之痛，就休掉了继妻博格希尔德。

西古尔德

希格蒙德后来又娶了埃依里米国王的女儿希尔蒂丝为妻，婚后，希尔蒂丝很快就怀孕了，但是还没等孩子出生，希格蒙德便被仇家匈丁的后人暗杀了。

希尔蒂丝在慌乱中逃走，碰巧遇到了外出征战的国王希阿泼莱克和他的儿子阿尔弗，阿尔弗对美丽优雅的希尔蒂丝一见钟情，两人很快成婚。希格蒙德的遗腹子西古尔德就在继父家中度过童年。长大后，在雷金的培养下很快就精通各种技艺，成为一个骁勇善战的将士。

西古尔德从妈妈那里知道亲生父亲被仇家所杀，一直耿耿于怀，要替父报仇。国王希阿泼莱克知道西古尔德的想法后，给了他一个船队由他派遣，雷金也自告奋勇表示愿意随西古尔德前去。

然而，西古尔德的船队在途中遇到了可怕的风暴，船队被带到一处岩石嶙峋的岬角，海浪不断地拍打着船队。在激起的水花中，众人看到有一个耄耋老者站立在巉岩上翘首观望。

老人大声问道："究竟是什么人敢在咆哮的怒海中前行，巨大的海浪就快要把这些战船全都吞噬。"

雷金立即表明自己的来意，并询问对方是何人。

耄耋老者说道："大家管我叫尼卡尔，伏尔松家族里的年轻人我早有听闻，只要他们上战场，乌鸦和恶狼就有尸体可以饱腹了。我想和你们一起去对岸，你们能不能把船停过来？"

西古尔德的战船艰难地靠岸，老者轻轻一跃，跳上了船，就这一瞬间，风暴竟骤然而止！

西古尔德顺利来到战场，同匈丁的后人交战，大获全胜。战争结束之后，雷金说道："西古尔德果然天赋异禀，战无不胜，现在你为亲生父亲报了仇，你的养父雷金也有一件事情要让你帮忙。"

接下来，就是西古尔德屠龙的故事了！

西古尔德杀掉雷金之后，树上的鸟让西古尔德赶快把黄金收集起来，然后告诉西古尔德，国王吉乌基有一个女儿，以后将会是他的妻子，让他赶快前去求婚。

西古尔德向小鸟道谢之后，来到恶龙的洞穴，装了满满两箱子的宝物后，骑着马向吉乌基国度的方向奔驰而去。

吉乌基非常遥远，西古尔德穿过崇山峻岭，途经海依米尔国的时候已经精疲力竭。海依米尔国国王听闻他是屠杀恶龙的勇士，就再三挽留他在宫中小憩。

盛情难却，西古尔德就在王宫中停留了几天，他每天吃饱喝足之后，就和众位武士比拼武艺和射箭。

有一天，西古尔德射中了一只鹰，这只鹰落到一个高高的阁楼上，西古尔德在众人的起哄声中爬上了楼顶。就在他准备下去时，忽然从阁楼开着的窗户上看到一个绝世美女，他看得入神，一不小心踩空掉落下来，幸亏手疾眼快，抓住了旁边的大树。屋内的美女听到动静，趴到窗户看发生了什么事情，西古尔德一只手抱住树，挥动着另一只手向她打招呼，介绍自己。美女看到西古尔德的滑稽模样，大声地笑了，随后向西古尔德介绍了自己。原来这个美女是国王海依米尔的养女，名叫布隆希尔德。

这次偶遇让西古尔德疯狂地爱上了布隆希尔德，他夜不能寐，于是趁着夜色爬到阁楼上，对着紧闭的窗户诉说自己的爱慕。过了一会儿，布隆希尔德打开了窗户，西古尔德又惊又喜，跳入姑娘的闺房内向她求婚。这时，他发现桌子和织机上放的手帕、布匹上全都绣着自己屠杀恶龙的情景。原来布隆希尔德早已听闻了屠龙英雄的事迹，并且偷偷躲在阁楼上注视西古尔德。就这样，两个年轻人情投意合，私订终身。

但是西古尔德在回到自己的卧房后，做了一个奇怪的梦，梦中一只小鸟站在恶龙的身体上，反复地告诉他吉乌基国王的女儿古德隆恩还在等待他，让他前去妥善处理此事。西古尔德醒来之后，决定前去一探究竟。

国王吉乌基也早已听闻西古尔德的屠龙事迹，等西古尔德一到吉乌基境内，就邀请他来到王宫，设宴款待为民除害的英雄。在酒酣耳热之际，西古尔德向国王一家人讲述了他的屠龙过程，并且将自己所拥有的财富也说漏了嘴。王后格里姆希尔德听完之后，想把自己的女儿许配给他。西古尔德以自己已有意中人为由，婉拒了。

在宴会快结束的时候，王后端来了一杯酒，让西古尔德喝下，并且低声告诉他："你会留在这里，娶我的女儿古德隆恩为妻。"

原来，这位王后精通许多魔法和咒语，她用森林里采摘的草药、烧成灰烬的山毛榉，石南花的露水，还有炖得很烂的公猪肝，调和冰冷的海水和新鲜的猪血，酿造了忘却之酒，饮用这种酒的人，在很长一段时间内，会记住喝完酒之后听到的第一句话，而忘却其他相关的事情。

就这样，西古尔德听从王后的话娶了国王的女儿古德隆恩为妻，之后两年多的时间，他一直和国王的两个儿子贡纳尔和霍格纳四处征战，为国王打下不少领土。贡纳尔和霍格纳跟着西古尔德出生入死，对他佩服有加，就和他歃血为盟，许诺要肝胆相照。

与此同时，布隆希尔德还在家中苦苦等候西古尔德回来履行婚约。

在国王吉乌基去世之后，贡纳尔继位，他的母亲四处为他物色王后，最后决定让贡纳尔去向布隆希尔德求婚，因为布隆希尔德是远近闻名的美女，而且有着大片的领土做嫁妆。想要迎娶布隆希尔德的人排成了长队，但是布隆希尔德对众人都不满意,觉得没有一个人可以比得上西古尔德。过了不久,她就闭门不见任何人了。国王也无计可施,只是下令让前来求婚的人直接与布隆希尔德见面,如果布隆希尔德点头,国王就同意婚事。

格里姆希尔德知道贡纳尔不善言谈,能力有限,就心生一计,请求西古尔德代替贡纳尔前去求婚。她用药水将两人易容,这样正式结婚的时候,再由贡纳尔自己完成,就可以神不知鬼不觉地将美女和领土全都带回来了。

在王后的死缠烂打之下,西古尔德只好答应下来。

西古尔德只身来到布隆希尔德的住所,他虽然失去了大部分关于布隆希尔德的记忆,但他仍旧记得自己曾经爬上过这座阁楼。于是,西古尔德沿着以前的路线爬到了阁楼的窗前,向布隆希尔德介绍自己是贡纳尔,邻国的国王,然后表达自己的爱意。

布隆希尔德非常震惊,觉得眼前的人虽然样貌不同,但是和她的心上人一样谈吐不凡,而且让她有种久违的安心,布隆希尔德重新燃起了心中的火焰,应下了婚约。

西古尔德结束求婚之旅后,继续外出征战,等到回来的时候,布隆希尔德和贡纳尔已经完婚。婚后,布隆希尔德发现贡纳尔和订婚当晚完全不一样,她百思不得其解,这又让她怀念起西古尔德来。

西古尔德凯旋,大家都出去欢迎他。布隆希尔德和王室家族一起站在前列,布隆希尔德一眼看到了领队的西古尔德,她的眼泪奔涌而出。西古尔德凝视她的泪水时,忘却之酒的效力被冲淡,西古尔德忽然想起很久以前两人的婚约,心中五味杂陈,以至于下马的时候摔了下来,公主古德隆恩大喊着冲过去把他扶起来。

布隆希尔德见状,顿生怒意,独自返回王宫,以前的柔情蜜意全都化成了恶意和报复:"西古尔德,你让我苦等两年,自己却和娇媚的公主早早完婚,我要是得不到你,就一定要将你毁掉。"

从此,布隆希尔德性情大变,时常暴跳如雷,稍有不慎就责骂殴打身边的侍女。与此同时,西古尔德内心也备受煎熬,一边是深爱着他的美丽妻子,另一边是自己曾经许下婚约的梦中情人。

西古尔德思考再三，找到布隆希尔德，向她解释一切。现在两人都已经和别人结为夫妻，再加上古德隆恩已有身孕，他希望大家就这样继续生活下去。

布隆希尔德只觉得身体中升起一股寒意，凝结在胸中压迫着她，让她呼吸紧迫，说不出一句话。西古尔德沉默了许久后，转身离开了。

布隆希尔德也缓缓地回到自己的卧室，她感觉西古尔德的话就像一根根针扎在她的心上，每一次呼吸，都会让这些针扎得更深。她静静地闭着眼睛，一动不动地躺在床上感叹命运的无情，眼角不断地流下泪水。

就在布隆希尔德不知道如何是好，准备向命运妥协时，她和西古尔德产生了一次争吵，西古尔德情急之下说漏了嘴，将自己代替贡纳尔求婚的事情说了出来。

布隆希尔德知道后异常愤怒，觉得自己的终身幸福全都被西古尔德毁了，她只想残忍地报复他，以宣泄自己心中的仇恨。

于是，布隆希尔德告诉丈夫贡纳尔，说西古尔德到处征战，立下赫赫战功，早已经不满贡纳尔的统治，想要将他取而代之。西古尔德在这一天，她就得提心吊胆一天，她不想过这样的日子，要一个人带着陪嫁的国土，回到以前的国度。

这些话让贡纳尔心烦意乱，他不想被妻子抛弃，但他又不能轻易杀掉西古尔德，因为他们曾经歃血为盟，如果他主动破坏了盟约，会遭受到厄运。

布隆希尔德见纳贡尔迟迟不肯动手，继续煽风点火，她撒谎说："西古尔德乔装成贡纳尔在她闺房待的那一晚，一直想和她同床就寝，发生男女之事。"

贡纳尔听了，火冒三丈，找到弟弟霍格纳来到密室，他将布隆希尔德的谎言复述了一遍，然后对霍格纳说："西古尔德这个小人违背誓言，差点将我心爱的女人搂在他的怀中。既然这样，我们自然可以背弃盟约，将他置之死地后平分了他的财宝。这样我们一辈子就有享不完的荣华富贵了。"

霍格纳听完一脸严肃，他厉声说："我们不能只听片面之词，更何况没有任何证据表明西古尔德破坏了盟约。不如让弟弟古特乌姆去杀了西古尔德，因为歃血盟誓之际他不在场，而且他尚且年幼，不会被人提防，更容易得手。"

两人商定之后，贡纳尔找了古特乌姆，说西古尔德想要谋权篡位。古特乌姆尚且年轻，血气方刚，他听了贡纳尔的话之后咬牙切齿，义愤填膺，向他的国王哥哥保证要亲手杀掉西古尔德，以绝后患。

当天晚上，趁着夜深人静，古特乌姆拿着一把锋利的短剑来到了西古尔德的卧房，西古尔德和妻子睡得正沉，古特乌姆毫不犹豫地将短剑插入西古尔德的胸膛，然后拔腿跑出卧房。

西古尔德弥留之际，告诉古德隆恩："我年轻的新娘，你不要哭泣，也不要为了我悲伤，你的兄长仍旧对你腹中的孩子虎视眈眈，他们想要把伏尔松的后裔全都斩杀完。我的死亡是你亲嫂嫂挑拨的，你在他们中间生活，可要十分小心。"说完，西古尔德就倒在血泊之中。

古德隆恩哭得声嘶力竭。

布隆希尔德听到哭声之后，仰天大笑起来，她一边笑着，一边面色变得惨白，眼泪止不住地滴落下来。

古德隆恩将丈夫的尸体安放在床上，衣衫不整地冲到外面，向着贡纳尔和布隆希尔德的卧房喊道："恶毒的女人和凶狠的男人凑成一对，你们以后要遭受厄运，不得好死。"

布隆希尔德毫不理会古德隆恩，她看了一眼浑身是血的西古尔德，长久压在她胸中的石头忽然消失了，取而代之的是一个巨大的洞口，那个洞缓缓地吸收着她的生命，让她整个人变得苍白无力，手脚开始发凉并且麻木。她紧紧地搂住自己，说："爱有多深，恨就有多深，报复消除了我的仇恨，但是我的心也随着西古尔德去了。"

贡纳尔谋杀了自己的妹夫和歃血为盟的兄弟之后，心中也十分复杂，瘫坐在床上。

布隆希尔德冷笑着说："多年前，我和西古尔德情投意合，定下终身。但是你那恶毒的母亲相中了西古尔德做女婿，就给他灌下了毒酒，让他忘记了一切。你那个恶毒的母亲没有想到，人算不如天算，你妹妹早早守了寡！我现在也已经心如死灰，不想苟活于世。你母亲机关算尽，反倒让自己的儿子和女儿的爱人早早上了黄泉路，真是报应啊！"

说完之后，布隆希尔德起身拔出来一柄剑，结束了自己的生命。

古德隆恩为兄复仇

西古尔德和布隆希尔德的葬礼结束后,古德隆恩隐居到荒原上的森林之中,贡纳尔、霍格纳兄弟俩则吞没了西古尔德的全部黄金。

好景不长,布隆希尔德的哥哥艾特礼前来兴师问罪,贡纳尔和霍格纳无计可施,就哄骗古德隆恩喝下忘却之酒,将她嫁给了艾特礼作继室。古德隆恩带着西古尔德的遗腹女斯凡希尔德来到了艾特礼的国度,她后来还和艾特礼生下两个儿子——埃尔普和埃依梯尔。

艾特礼对贡纳尔和霍格纳手里的黄金觊觎已久,甚至将自己的妹妹格劳姆瓦尔嫁给了贡纳尔,科斯特蓓拉嫁给了霍格纳,想借此让两人为自己奉上财富,艾特礼再三暗示,但两人绝口不提黄金的事情。

艾特礼恼羞成怒,便起了歹心,派出使臣芬基邀请贡纳尔和霍格纳到他的国度做客。

古德隆恩知道其中有诈,就写了封家信,随信附上了一枚镌刻了卢恩文字的戒指,卢恩文字清楚地说明了艾特礼想要谋财害命,让使臣芬基带给两位兄长。

没想到,使臣芬基偷偷打开了信件,他虽然不懂卢恩文字,但还是把卢恩文字偷偷磨掉了。这样,贡纳尔和霍格纳没能收到妹妹的警告,就应邀和使臣一起来到了艾特礼的国度。

他们一进入艾特礼的国境,就感到大事不妙,城墙上到处都有重兵把守,士兵们全都身穿铠甲,手持长矛。贡纳尔和霍格纳相视一眼,都握紧了各自的武器。这时,古德隆恩从王宫里面跑出来,吃惊地问道:"难道你们没收到我的警告吗?艾特礼对你们的黄金觊觎已久,他背信弃义设下圈套等你们来,你们现在赶快设法逃走吧。"

贡纳尔说:"我的妹妹,现在说这些为时已晚,你快回王宫里去,不用为我们担心。"

旋即,一支军队跑步逼近他们,贡纳尔和霍格纳斩杀了十几个武士,最终寡不敌众,被抓了投到监狱里面。

艾特礼成功将两人拿下之后仰天大笑,吩咐侍从,开始使用各种酷刑逼供霍格纳，但霍格纳直到被杀害，都没说出关于黄金的一个字眼。

艾特礼恶狠狠地盯着贡纳尔，威胁道："如果再不说出黄金的下落，你会比你弟弟死的更难看。"

贡纳尔依旧平静地说："艾特礼，霍格纳已死，现在世界上只有我一个人知道藏黄金的地方，但是我誓死也不会说出来。我宁愿那些黄金深埋在我的国土之中，也不愿意它们被打成戒指，戴在你的手上。再说你背信弃义，死期将至了，那些黄金对你来说已经没有任何意义。"

艾特礼勃然大怒，让人把贡纳尔捆住手脚扔到蛇洞里，贡纳尔被毒蛇噬咬，但是一声不吭，直至死亡。

古德隆恩听闻两位哥哥的死讯，独自哭成泪人。

艾特礼虽然没有得到黄金，但是一举铲除了两个心腹大患，心中十分得意，大摇大摆地回到了殿堂。

古德隆恩咒骂说："艾特礼，你背信弃义，滥杀无辜，必然会遭到报应。我愿意让这个报应在我的手上实现。"

艾特礼冷冷地回答："贡纳尔和霍格纳也是心狠手辣之辈，他们对你之前的夫君西古尔德背信弃义在先。如果我不杀掉他们，他们就要起兵侵占我的领土，取我性命。我会给你成堆的白银作为补偿，让成群的奴隶伺候你，这件事再也不要提起了。"

古德隆恩说道："我同两位兄长一起长大，小时候每天嬉戏玩耍，长大之后也经常结伴去树林漫步，手足情深哪里是金钱能弥补的。哪怕你搬座金山送到我面前，我也不能忘却失去亲人的痛苦。"古德隆恩深思了片刻，无奈地说："你如今权势熏天，我一个女子也拿你没有办法，我只求你给我的两位兄长大摆葬礼的宴席，让他们风风光光地前往冥界。"

几天之后，贡纳尔和霍格纳的葬礼如约举行，艾特礼履行了对妻子古德隆恩的诺言，葬礼声势浩大。古德隆恩也表现出满意的样子。

葬礼结束后的一个深夜，霍格纳之子偷偷潜入王宫中，蹑手蹑脚地来到艾特礼身边，将艾特礼的铠甲解开，一剑刺穿了艾特礼的胸膛……

艾特礼知道自己遭受重创难以活命，便放弃了挣扎，只是说："我命数已尽，能不能告诉我，是谁结束了艾特礼的命。"

这时，传来古德隆恩的声音："我从来不喜欢隐瞒，是我谋划了整件事，霍格纳幼子潜入宫中来帮忙，是他要了你的命！"

艾特礼倒吸了几口气，恶狠狠地说："你这个心肠歹毒的女人，嗜杀成性，我实在后悔当初听信他人之言娶了你，人人都说你美名远播，可以帮助丈夫，我带足聘礼，领着声势浩大的队伍将你迎娶回来，没想到最后竟然命丧你手。"

古德隆恩说道："艾特礼，你落到这步田地都是咎由自取……"

艾特礼抽搐了几下，他知道自己已经没有时间了，打断了古德隆恩说："我们都遭受了不少磨难，但是争辩这些已经于事无补，我们好歹夫妻一场，古德隆恩，我的妻子，我最后有一桩事情要拜托你，请你务必要风风光光地将我安葬，保全我做国王最后的脸面。"

古德隆恩回答道："我会用彩绘的裹尸布包好你的遗体，用石蜡将裹尸布细细打磨，再买一艘船运送你的遗骸。"

艾特礼听完之后，吐了一口鲜血，就一命呜呼了。

古德隆恩如约把葬礼办得很风光。将一切安置妥当之后，她直奔大海深处，想要结束自己的生命。

伏尔松家族和吉乌基家族终曲

古德隆恩想要投海自尽，结果被海流冲到了国王尤纳克尔的地界。国王尤纳克尔在出游时，恰好遇到了昏迷不醒的古德隆恩，见对方美艳动人，气质非凡，就将她带回王宫救治。

国王尤纳克尔对古德隆恩的悉心照料，让她感受到了久违的温暖。古德隆恩痊愈之后，就答应了尤纳克尔国王的求婚，两人婚后生下了两个儿子苏尔莱和哈姆迪尔。后来，古德隆恩把和第一任丈夫古德西尔的遗腹女斯瓦希尔德也接到王宫中。

古德隆恩在此处相夫教子，平静地生活了很长时间。等到女儿出落得亭亭玉立，尤纳克尔把她嫁给了威震四方的国王伊尔蒙莱克为继妻。古德隆恩十分欣赏骁勇善战的伊尔蒙莱克，所以对于这门婚事也十分满意。古德隆恩感叹自己颠簸了半生，终于苦尽甘来。

然而，就在她准备与命运和解的时候，遥远的国度传来了女儿斯瓦希尔德的死讯，古德隆恩听闻后，当场晕了过去。原来，伊尔蒙莱克手下有个权臣比基，他也想把自己的女儿嫁给国王，但计划落空之后，比基就将原因全都归结到新王后身上，一直寻找机会想要除掉斯瓦希尔德。

一天，国王的长子伦德瓦尔打了胜仗凯旋，斯瓦希尔德站在城墙上探头观看，刚好两人目光相对，莞尔一笑。不料，这一幕被比基看到了，他心生一计，分别模仿了两人的笔迹，伪造了两封信件，偷偷地呈给国王，又添油加醋地描述了两位年轻男女如何暗送秋波，伊尔蒙莱克国王盛怒之下处死了两人。

古德隆恩从昏迷中清醒之后，把两个儿子叫到她面前，问他们对姐姐的死作何感想。两个儿子面面相觑，没有说话。

古德隆恩震怒，她摇晃着两个人的肩膀说："你们每天吃饱睡足就去玩耍，白白浪费光阴，不肯用心练习武艺。现在你们的姐姐被马群活活踩死，伊尔蒙莱克连个体面的葬礼都不愿意给她安排。哪个有血性的亲人不会想着为她报仇？可惜我两个英勇的哥哥贡纳尔和霍格尔已经不在人世，我家族子嗣艰难，只留下眼前两个少不更事的儿子。你们务必要替我争这一口气，不要继续当缩头乌龟！"

哈姆迪尔反唇相讥道："天底下哪有你这样心狠的母亲，竟然会让自己的儿子送死！"

苏尔莱说："母亲，我不想和你争辩，伤了我们之间的和气。你让我们给姐姐报仇，我们也只好铤而走险，你准备好兵器，我们收拾妥当后就出发。"

古德隆恩欣喜地找来适合他们的铠甲和兵器，为他们穿戴整齐，还在他们的铠甲上镌刻了卢恩文字，让利器伤不了他们。两个年轻的孩子跨上马和母亲告别。

哈姆迪尔说："我们兄弟两个势单力薄，这一去凶多吉少，可能再也见不到母亲了，我们为亲人报仇无怨无悔。要是我们不能回来，母亲你就在葬礼上多喝几杯麦酒悼念儿子，也顺便告慰姐姐。"说完，两人就头也不回地驾马远去。

刚走出王宫，哈姆迪尔和苏尔莱就遇到了他们同父异母的弟弟埃尔普。

埃尔普看见两个哥哥身披战甲，知道他们要前去给姐姐斯瓦希尔德报仇之后，便想一同前往："哥哥们面对强敌无所畏惧，我十分佩服，我们同为兄弟，应该互帮互助，我想和你们一同前去。"

哈姆迪尔却嘲笑说："矮小瘦弱的私生子，凭你也想给我们帮忙吗？"

埃尔普的热情被辜负，又被耻笑，生气地背过身，说："给胆小鬼指路真是多此一举！"

两个哥哥见状，顿时气不打一处来，抽出利剑刺向了埃尔普，埃尔普滚下马背，鲜血淋漓地躺在大路中间。

哈姆迪尔和苏尔莱继续策马奔驰，翻越冰雪覆盖的险峻山峰，来到了伊尔蒙莱克的国界。两人趁着天黑，悄无声息地来到了宫殿外。此时的宫殿里面一片欢声笑语，所有的人都在肆意饮酒作乐。

两兄弟见状，悄悄地下马准备潜入宫殿。然而，当他们刚把马拴好，就被出来解手的士兵看见了。士兵慌忙跑进殿堂向伊尔蒙莱克禀报情况，说可能是斯瓦希尔德的两个弟弟来报仇了。

伊尔蒙莱克早已喝得酩酊大醉，满不在乎地说："那两个毛头小子我见过，他们不是来报仇，是来送死的。"伊尔蒙莱克摇摇晃晃地站起来，想要去拿他的盾牌，但是还没拿到就摔了一跤，又扶着桌子站起来，继续说："快去给我拿来做弓弦用的粗牛筋，我要把这两个小子绑起来送上绞刑架，让吉乌基家族后继无人。"

殿堂内的士兵们也喝了不少麦酒，行动迟缓，还没等他们起身，哈姆迪尔和苏尔莱已经推开大门，气势汹汹地进入殿堂，挥起利剑一阵砍杀，醉醺醺的士兵站都站不稳，哪里是他们的对手，不一会，殿堂里面就躺满了尸体，只剩下伊尔蒙莱克吓得钻到了王座下面。

哈姆迪尔喊道："伊尔蒙莱克，你刚愎自用，目中无人，残忍暴虐，残害我姐姐，还带众人喝麦酒寻欢作乐，却没有料到自己就要被麦酒害得失去性命。我们要剁掉你的双手双脚，让你饱经折磨之后，再送你去冥界。"

兄弟将伊尔蒙莱克从王座下面拉出来，斩掉他的四肢，伊尔蒙莱克惨叫连连，求饶不止。

哈姆迪尔一番羞辱伊尔蒙莱克后，正准备挥剑结束他的性命，外面忽然冲进来一批援兵。兄弟两个转身过去准备继续战斗，正巧被伊尔蒙莱克看到了他们铠甲上的卢恩文字。

伊尔蒙莱克扯开嗓门大吼："这两兄弟有魔法护身，长矛和利剑伤不到他们，快去找石头，用乱石砸死他们。"

士兵听了，纷纷转身去外面拿石头。

苏尔莱对哈姆迪尔说："弟弟，你勇气十足，但做事情欠缺考虑，我们不该浪费时间，让这个老贼看到我们的弱点。"

哈姆迪尔说："你说得对，本来我们还有生还的希望，现在只能赶快结果了老贼的性命，也算达成此行的目的。"

苏尔莱转身一剑斩下了尔蒙莱克的脑袋，趁着士兵还没有返回，跑出了宫殿。

两人来到殿堂的山墙旁，和抱着石头返回的士兵正面相逢，士兵高高举起手中的石头向他们扔过去，两人被砸得浑身是血，倒在山墙下面。

哈姆迪尔说道："我们要是没有杀掉弟弟，说不定现在就能全身而退了。"

苏尔莱回答："自古骨肉相残必留后患，我们为自己杀掉弟弟付出了代价！但我们兄弟为姐姐成功报仇，还杀了那么多敌人，可以毫无畏惧地面对死亡女神海拉了。"说完，两人在乱石堆里相视一笑，安然离开人世。

远在他乡的古德隆恩听说了两个儿子的事迹，先是仰天大笑，然后坐在门槛上大哭起来，说："如今大仇得报，但是我最后的亲人也殒命，吉乌基家族如今只剩下我一个人了。我这一辈子，经历过无数次与至亲生离死别，如今我也想随他们而去……我这一生满满的全是悲伤和仇恨。"

古德隆恩站起身，招来侍从，说："快把橡树劈开垛起来，架成天下最高的火葬柴堆，让烈火把我燃烧殆尽，把我满腔的悲哀也化为灰烬。世间的男人，我愿你们不必兵戎相见，枉死在战场。天下的女人，我愿你们都不用悲伤度日……"

古德隆恩说完后就回到寝室，一直到第二天早上，侍女发现她时已经去世。臣民厚葬了这位传奇的女子，伏尔松家族和吉乌基家族的故事，因为她的讲述流传后世，也随着她的去世而结束。

第八章 冥界——赫尔海姆

冥界——赫尔海姆处于世界之树的底层，寒冷和黑暗充斥着这里。死亡女神海拉是冥界——赫尔海姆的女王，也是死神本身，同时司掌衰老和疾病。

海拉的父亲是洛基，母亲是巨人族的女巫师安格尔伯达。海拉左边的身体是正常的肉体，右边则是透明的深蓝色，这让海拉看起来十分恐怖，加上她的脸上总是流露出凌厉和悲伤的神情，九大世界没有几个人敢直视她。

海拉出生在巨人国，在铁森林里长大。在她和两位哥哥稍微年长的时候，奥丁发现了他们的存在，并且听到了他们会带来厄运的预言。于是奥丁派人将他们带出了铁森林，把巨蟒耶梦加得扔到了围绕中庭的大海中，芬里尔放在阿斯加德严加看管，最后把海拉流放到赫尔海姆。奥丁赋予了海拉掌管死亡、衰老和疾病的权利，并且给她分派了很多侍从。

在中庭，战死沙场的人可以去往奥丁的英灵殿，受到主神的款待。而老死、病死的人的鬼魂都要去往赫尔海姆，海拉也接受一切杀人犯和冤死鬼。冥界黑暗又寒冷，中庭的男子宁愿参加战争，英年早逝在刀剑之下，也不愿意在人间安宁度日，寿终正寝，然后来到冥界。女子则希望和丈夫一同火葬，因为神后弗丽嘉和爱与美之神弗蕾亚会在自己的殿堂迎接相爱之人。

老死、病死的众人在生命终结之际，会被海拉手下的少女用坚硬冰冷的锁链捆住，引领他们走上去赫尔海姆的路。海拉有时也会骑着她的三足白马亲自来到中庭，她会把疾病洒向这里，这时中庭就会被瘟疫肆虐。瘟疫会让很多村庄一半甚至全部的人丧命，中庭的人们就会说海拉用耙子来勾魂，或者用扫帚将鬼魂全都扫到了去冥界的路上。

通往冥界的路漫长又崎岖。中庭的鬼魂要在寒冷和黑暗中行走九天九夜，才能来到赫尔海姆的边界。所以死者的亲属都会给他们穿上特别坚固的靴子，好让他们顺利地走完这段路，人们把这个靴子又叫"海拉靴"。有的富贵人家会在火葬的时候，把马匹和车一起火化，那么这些人就可以骑马或坐车通过这段路。

当死者在山谷行走九天九夜之后，他们会来到加拉尔河边，这条河是赫尔海姆的边界，死者在这里可以最后一次见到阳光。河面在太阳的照辉下波光粼粼，纯金的加拉尔桥坐落其上。看守桥梁的是少女莫德古德，她的身体没有血肉，只是一具干枯的骨架。凡是想经过此桥的人，都要给莫德古德献

上自己的鲜血供她饮用。

经过加拉尔桥，就来到了冥界的大门前，恶犬加姆蹲坐在门前，被粗壮的铁链缚住脖颈儿。它毛发凌乱，浑身血迹，巨大的嘴巴散发着死尸的恶臭。这条恶犬在被惹怒时会撕咬想要经过的人，所以死者的亲属也会制作食物，让他们带着投喂加姆，以通过大门。人们把投喂给恶犬的食物称为"海拉饼"。

冥界的大门异常高大，上面全是血迹和斑驳的锈迹，死者一进入，大门就会怦然关闭。

海拉给众多死者都会安排妥当的住处。但是如果生前作恶多端，海拉就会把他们扔到死尸之壑——纳斯特隆德，让他们忍受刺骨的冰泉和毒蛇的咬啮。等他们受尽折磨之后，再把他们残存的骨头投入雾之国的赫瓦格密尔泉中，在泉水旁边生活的毒龙尼德霍格看到泉水溅出水花，就会暂停啃噬世界之树的树根，游动到泉水中把骨头叼出来，大快朵颐。

除了死尸之壑，冥界还有九条河，其中最有名的一条叫作斯利德。污浊的河水急速地流淌着，河里面翻涌的不是浪花，而是锋利的刀剑。海拉让侍从将生前毁约之人、杀害无辜之人、勾引有夫之妇之人扔到这条河里。他们会在湍急的河水中受千刀万剐，然后在流经约顿海姆的铁森林时，被女巨人安吉布达捞起来投喂恶狼。

海拉自己的宫殿名为埃琉德尼尔，意为悲惨。这座宫殿十分高大，四周的墙壁都是用毒蛇背脊骨堆砌而成，大门名为"腐败"、门槛是"厌烦"。海拉的卧室名为"毁灭"，里面全是黑色的饰物，她的床名字为"忧愁"，床上挂着黑色的帷幔为"悲伤"，服侍她的男侍和女仆分别叫"迟钝"和"怠惰"，她用餐的桌子叫作"饥饿"，餐刀叫"饕餮"。

海拉在她的宫殿里面接待死者，但是阿斯加德的诸神有时也会来到这里。诸神使者赫尔莫德就曾为了光明之神巴德尔来到这里拜会海拉。巴德尔遭人暗杀而死，所以他的灵魂来到了赫尔海姆。阿萨诸神和中庭都依靠巴德尔获得光明和希望，失去巴德尔之后，大家都十分伤心，就派遣使者赫尔莫德来和海拉谈判。但是海拉不肯轻易放走，就向诸神提出了很苛刻的条件，诸神没能完成，光明之神也就一直留在了赫尔海姆。

在预言中，死亡女神海拉也将从地底爬出来，参加诸神的黄昏……

第九章 诸神的黄昏

第一节　芬布尔之冬

光明之神巴德尔被杀后，久居在赫尔海姆的黑暗与寒冷之中。整个世界也随着他的逝去而变得黯淡无光，刺骨的寒风和大雪呼啸而至，整整持续了三个季节——这就是"芬布尔之冬"。

在中庭世界，霜雪遮天蔽日。目之所及，全是枯萎的树木、冻死的牲畜、还没来得及采收就被大雪深埋的庄稼。刚开始，中庭的人们靠家中的存粮和宰杀牲畜艰难度日，但寒冬迟迟不结束，随着余粮告急，饥饿、寒冷和生存下去的欲望使人们失去理智，他们为了抢夺粮食和保暖的居所而大打出手，各个国家之间也开始爆发激烈的战争，无数的人奔赴战场，一次又一次地交战，尸体和鲜血很快就被大雪掩埋，新的冲突不断爆发……

长久以来形成的社会秩序分崩离析，尊老爱幼、睦邻友好等优良的传统全都变成了遥远的传说。暴力和混乱就像寒冷一样，不断地侵袭、笼罩在中庭大地。

无望和寒冷也笼罩了阿斯加德和亚尔夫海姆。因为光照不足，世界之树上层的叶子和植物日渐枯黄，生活在阿斯加德的各种动物如山羊海德伦、公鹿艾梵尼尔、野猪沙赫利姆尼尔等，只能啃噬枯草、落下的树叶和干硬的树皮充饥，山羊海德伦产下的蜜酒和野猪沙赫利姆尼尔的肉也开始变少，诸神和英灵战士只能勉强用其填饱肚子。公鹿艾梵尼尔疲乏得抬不起头，鹿角上凝结的露水急剧减少，导致阿斯加德的河流水位降低，流速变缓，下游都露出河床。

唯有冰霜巨人和赫尔海姆的亡灵异常兴奋，因为他们常年身处寒冷和黑暗中，漫长的冬天扩大了他们的活动范围。他们迫不及待地想来到中庭和阿斯加德大肆破坏展开复仇……

第二节　诸神的黄昏

随着中庭社会秩序混乱，杀人者和淫恶者数量剧增，他们的尸体全都被海拉扔进了斯利德河。河水被血液染成了暗红色，尸体让水面升高，血水溢出河床，在沿岸的土地上留下黑色的血痂。这些死者在流经约顿海姆的铁森林时，被女巨人安吉布达捞起来，投喂恶狼哈蒂和斯考尔。这两条狼是芬里尔的后代，自从芬里尔被奥丁囚禁在阿斯加德之后，一直由巨人祖母抚养。随着它们吃的食物越来越多，哈蒂和斯考尔的体型迅速膨胀起来，很快铁森林就容不下他们。两条狼一跃而起，奔向天空，去寻找其他更美味的食物。

斯考尔跳起来之后，第一眼就看见了苏尔疲劳地驾着马车，拉着太阳在空中缓慢地行走。斯考尔紧跟其后，穷追不舍。中庭的人们透过大雾和漫天雪花，依稀看见北方的天空出现一块巨大的乌云，这块乌云迅速地升高，变成了一头猛兽头颅的模样，慢慢浮现出耸起的双肩和庞大的身躯，忽然张开大嘴，露出锋利的獠牙，将太阳撕裂，开始吞噬太阳。中庭的人不知如何是好，慌作一团，大声地哭喊起来。在一片喧闹声中，斯考尔将太阳和苏尔吞入腹中，身体也变得庞大无比。

另一边，哈蒂便早早地埋伏起来，等到玛尼带着月亮值守时，它伺机出动，一下将月亮和玛尼一口吞下。然后在空中张牙舞爪，群星被吓得纷纷坠落下来，大地被撞击后开始剧烈晃动，覆盖在上面的冰盖连同深层的土地全部裂开，海水倒灌，房屋倒塌，山脉断裂，高大的山峰互相碰撞，巨石滚落，尘埃弥漫在空气中，久久不能散去。

紧接着，栖息在英灵殿的雄鸡费雅勒被一阵抖动惊醒，原来在恶龙尼德霍格日复一日地啃噬中，世界之树的一条根终于被咬断了。世界之树由于疼痛簌簌发抖，九大世界开始随之晃动起来。雄鸡费雅勒使出了浑身的力气高声啼叫，中庭大地的雄鸡古林肯比，冥界赫尔海姆的黑红公鸡，立刻也开始啼叫附和。

正值世界倾覆之际，邪恶的力量也纷纷借力挣脱了枷锁，压着洛基和芬里尔的石头被震裂，滚落的石头将冥界恶犬加姆的锁链砸断，中庭巨蟒耶梦加得翻滚着在大海中搅动起巨浪，随着海水倒灌不断向中庭逼近。巨浪不断地拍打着，竟然弄断了纳吉尔法船的缆索，这艘船是由死者的指甲做成，它扬起帆，在大海里随风前行，等待着邪恶力量的驾驭。

守护神海姆达尔敏锐的眼睛和耳朵早已接收到这些不祥的信息，他赶忙吹响了他的号角加拉尔，号角声雄浑急促，响彻了九个世界。地下的矮人全都跑了出来，对着石门哀号，中庭残存的人们不知如何是好，乱成一团。阿斯加德的诸神则迅速地拿起武器，准备迎接一场恶战。

随着世界之树不断地晃动，中庭的陆地不断地分裂，海水也不断地侵蚀着土壤，大块的陆地陷入海中，最后只剩下一片海拔较高的维格里德平原——末日大战的战场，中庭仅存的人都跑到了那里。

诸神和邪恶的力量也都赶往那里。洛基逃脱后意外遇到了纳吉尔法船，在路过穆斯贝尔海姆时，将所有的火巨人载上了船；冰霜巨人的领袖赫列姆带着全体冰霜巨人从东边赶来。洛基一上岸，他的儿子芬里尔和巨蟒耶梦加就来和他会合，冥界恶犬加姆也加入了他们的队伍。死亡女神海拉也爬出了地底，带着王者大军而来……

末日之战，一触即发。

诸神族中，奥丁一马当先踏上彩虹桥，雷神索尔、守护神海姆达尔，战神提尔、森林之神维达等紧随其后，女武神们和数万名英灵战士排列在最后。

丰饶之神弗雷来到亚尔夫海姆，把光明精灵安排妥当后，也奔向去往维格里德的队伍。然而，就在英灵战士正通过彩虹桥时，桥对面忽然燃起了熊熊大火，半边的天空都被映成红色。在烈火一步步紧逼过来时，众人才看清，这烈火是头巨型怪兽的模样，手上还握着一把像昔日太阳一样明亮耀眼的长剑——这正是火巨人苏尔特尔。

众英灵战士迅速撤退，但是苏尔特尔也加快了步伐，他冲上彩虹桥，一边挥舞长剑，一边用巨大的脚掌踩踏英灵战士，被苏尔特尔伤到的英灵战士，瞬间化为灰烬，侥幸逃脱的英灵战士也没能去往维格里德平原支援奥丁，因为苏尔特尔太重，他走过的彩虹桥全都断裂，他身后还活着的英灵战士随着彩虹桥的断裂掉到了河里。

弗雷带着剩余的英灵战士摆好阵行，在阿斯加德迎战苏尔特尔。在维格里德平原上，奥丁带着诸神和敌人展开了殊死搏斗。

奥丁率先将自己的长矛冈格尼尔掷向了芬里尔，芬里尔丝毫没有躲避，而是张开大嘴，一口咬住了长矛。奥丁驾马迎上去，想要抢回冈格尼尔，但是芬里尔伸出巨爪将奥丁击落，把他的坐骑斯雷普尼尔一口吞了下去。奥丁的头撞到了石头上，血液将他的银发染成了红色，但是赤手空拳的奥丁没有一丝害怕，他拿起一块巨石抛向魔狼，就在芬里尔躲闪之际，他以迅雷不及掩耳之势抓住了芬里尔脖颈，猛击它的要害。芬里尔惨叫着，猛地甩了个头，将奥丁扔向天空，然后一口将他吞了下去。

芬里尔因为战胜奥丁，得意至极，仰天长啸，它凄厉的叫声让战场上的所有人都毛骨悚然。它伸长脉子，向九大世界宣告宇宙即将灭亡。忽然，芬里尔的一声号叫变成呜咽，紧接着它重重地倒在地上。芬里尔迅速地站起来，它看到一个年轻的战士站在自己面前，身穿已经磨破的甲胄，脚着铁靴。刚刚，这个战士给了它重重一脚，让它鲜血直流。芬里尔怒不可遏，张开血盆大口扑了过去，想要把这名战士吞掉。这名战士无所畏惧，也径直跑了过去，直接跳到芬里尔的嘴里，就在芬里尔想合上嘴巴的时候，却发现这名战士用双脚和双手将它的嘴巴撑住。战士站稳之后，腾出一只手拔出剑在芬里尔的嘴中乱砍，芬里尔疼得满地打滚，一块巨石碰巧滚落到芬里尔的嘴里，战士跳起来站在巨石上，使出全身的力气将芬里尔的嘴继续撑开，忽然恶狼的嘴里奔涌出鲜血，战士知道恶狼的嘴巴裂开，没法继续撕咬，就跳出来将手中的神剑刺进芬里尔的心脏，结果了芬里尔的性命为奥丁报仇。

这位给奥丁报仇的年轻战士正是森林与沉默之神——维达，他是奥丁和女巨人格莉德之子，负责司掌九大世界的森林。维达住在阿斯加德一片广大的森林中，平时低调寡言，他的母亲知道，他生来注定要和火相争，所以为他制了铁靴。没想到，这双铁靴竟然成了这场恶战中有力的武器。杀死了芬

里尔之后,维达继续投入激烈的战斗之中,

  其他的神祇也都陷于激烈的战斗中,索尔和他的宿敌中庭巨蟒耶梦加得展开了恶战,索尔挥动雷神之锤将巨蟒打得血肉模糊,但是在给予对方致命一击时,巨蟒使出最后的力气,将自己的毒液喷入索尔的嘴中,毒死了索尔。

  提尔斩杀了无数的冰霜巨人之后,恶犬加姆在身后偷袭了他,提尔知道自己被击中要害,就顺势倒下,在加姆走近准备撕咬的时候,提尔迅速拿出利剑刺向加姆的心脏,恶犬加姆抽搐着压在战神身上,一同魂归天际。

  海姆达尔对战的是洛基,洛基脸庞被蛇毒腐蚀得坑坑洼洼,长出了鱼鳞一样的层层叠叠的黑色结痂。经历了多年的折磨,洛基的心肠比他的脸更加丑恶,接连杀了许多英灵战士之后,他终于看到了宿敌海姆达尔。洛基自知不是海姆达尔的对手,于是变为猎鹰,从不同的方向俯冲下来撕咬海姆达尔,海姆达尔忍住剧痛,扯下了猎鹰的翅膀。洛基又变成了一条蛇,四处游走,啃咬海姆达尔的双腿,海姆达尔屏息凝神,找准机会,挥剑将蛇头斩断。就在海姆达尔准备继续杀敌时,蛇头变回了洛基的头颅,猛地从地上弹起撞向海姆达尔,海姆达尔一个踉跄,向前倒去,刚好被地上的剑刺穿了胸膛。

  众神和敌人不知道大战了多长时间,双方死伤无数,维格里德平原的战场上一片狼藉,到处都是残缺不全的尸体,血液浸透了土地。

  在阿斯加德,众英灵战士在弗雷的带领下对战火巨人苏尔特尔。虽然人多势众,但是宇宙间最原始的生物——苏尔特尔很快就把英灵战士悉数灭掉,最后和弗雷展开了战斗。弗雷在向巨人族姑娘吉尔德求婚的时候,把胜利之剑当作聘礼送了出去,所以他现在没有任何有力的武器,只能以鹿角与苏尔特尔战斗,结果可想而知,弗雷很快败下阵来。被苏尔特尔张开巨口吞了下去。

  苏尔特尔大获全胜,他扬起火剑到处乱砍乱舞,阿斯加德很快变成一片火海,世界之树也被点燃,火焰四处蔓延,将诸神的宫殿燃烧殆尽,浓烟和

火焰充满了宇宙之间，大地变成焦土，分崩离析，海水也开始沸腾蒸发……

没有人知道这场大火持续了多长时间，只知道这场火几乎把九大世界燃烧殆尽，陆地沉入海中，巨人和诸神的尸体也一起沉入海底，连苏尔特尔也和大火融为一体，化为灰烬。

预言中的诸神的黄昏终于降临，宇宙再次回到原始的混沌、黑暗和宁静之中。

第十章　新世界

诸神的黄昏之后，宇宙像是回到了金伦加鸿沟时代，又像是陷入了沉沉的睡眠。海水在黑暗中消化着旧世界的残骸，清风缓缓地从海面掠过。

不知道过了多久，寂静中有什么东西在悄悄地苏醒。

东方的海平面霎那间射出无数如利箭般的光芒，划破了黑暗，紧接着，一个火球缓缓上升，照亮了大地。原来，太阳女神苏尔在被斯考尔吞掉之前，早已诞下一个美丽的女儿，她的女儿没有参与战争，在诸神的黄昏中得以存活。现在她驾起了拉太阳的金车，每天重复走着母亲以前走过的路。

伴着和煦的阳光，已经被海浪涤清的陆地也从海中缓缓地升起。刚露出海面，干净松软的泥土就长出了郁郁葱葱的植物。以前的九大世界不复存在，旧的秩序和规则也被打破，一个崭新的世界诞生了。

那些司掌自然生长力量的神祇，森林之神维达、自然之神瓦利也随着万物的生长获得了新生，回到新世界。在华纳神族做人质的威利回到了伊达瓦尔德平原，遇到了重生的维达和瓦利，以及在劫难中存活的索尔的儿子——曼尼和摩迪。

诸神聚在一起，谈起了以前欢乐的时光和那场浩劫，只觉得恍如隔世。他们感慨后，动手建造了第二代阿斯加德，成为新世界的主宰。

一天，新的陆地上，忽然来了两个人类。原来，当苏尔特尔的火焰燃烧的时候，这两个人类逃到智慧之泉附近，只剩下一颗头颅的智慧巨人弥米尔把两个人类藏在了密林深处。智慧之泉阻隔了火焰，这两个人得以存活，他们每天以露珠为食。等太阳驱散了黑暗，新的陆地浮出海面时，他们成为这片土地的主人，两人开始在新的世界繁衍后代。这两人就是新的人类始祖——利弗和利弗诗拉希尔。

新世界里，众人萌生的希望唤醒了光明与希望之神巴德尔，他从海拉殿堂的残骸中走出来，带着他的弟弟黑暗之神霍德尔一起来到了新的世界，他们忘却了以前的对立和仇恨，和其他几位神祇一起居住在新的阿斯加德。

另一个崭新的黄金时代来临，大地上到处奔流着清澈的溪水，大地和山川被树木和花草覆盖，各种鸟类在空中自由地飞翔，农田里长出金黄的麦穗。阿萨神族只剩下司掌自然的神祇，再也没人在新的世界发起战争，人类安居乐业，种族迅速地壮大，成为新世界的主人，开启了新的纪元。